꼬리에
꼬리를 무는 **생각**
초등
글쓰기

1

이솝 우화 편

이 책을 펴내며

우리가 책을 읽을 때 부모님이나 선생님, 주변 어른들의 말씀과, 친구들과의 관계나 놀이 등의 경험들, 그리고 이미 읽었던 책과 관련되는 것들이 문득문득 떠오르죠. 이런 생각들은 글을 쓰기 위한 글감이 되고, 창의적인 아이디어가 되기도 해요.

또한 세상 모든 일들을 미리 경험해 볼 수 없지만 책을 읽으면서 책 속의 등장인물들이 경험하는 일들을 간접적으로 경험도 하지요. 이런 기회를 통해서 지식을 얻고 지혜를 축적하게 되어 인성과 창의성을 길러 나갈 수 있습니다. 특히 '이솝 우화'와 '탈무드'는 재미도 있지만 지혜롭게 살아가기 위해 질문하고 생각할 수 있는 좋은 이야기들이에요.

이 책을 《꼬리에 꼬리를 무는 생각 초등 글쓰기 ❶》로 이름 붙인 이유는 하나의 이야기가 한 가지의 교훈으로만 끝나지는 않기 때문입니다. 지금까지는 착한 역할, 나쁜 역할로 나누었던 주인공들을 중심으로 글을 읽었다면, 어느 쪽이든 우리도 같은 입장일 수 있다고 생각해 봐요. 착하게 살아야 하는 것보다 상황이 주어졌을 때 어떻게 행동해야 할까를 생각하며 읽어야 합니다.

가령 내 가족을 지키기 위해서 전쟁에 나가야 한다면 총을 들고 나가야 하는 것이 맞습니다. 그러나 평화로울 때에는 폭력이 정당화되지는 않지요? 이제 '좋다,

나쁘다'라는 것에서, 이런 상황이라면 어떻게 하는 것이 바람직한가?'라는 생각을 잘 정리해야 해요. 그러므로 이야기를 읽을 때 상황에 맞는 지혜로운 생각과 판단, 그리고 바람직한 행동을 생각해야 합니다.

지혜로운 생각을 잘하기 위해서는 질문을 잘해야 합니다. 질문을 하면 꼬리에 꼬리를 무는 지혜로운 생각을 쉽게 떠올릴 수 있어요. 한 번이 아니라 꾸준히 질문 연습과 생각 연습을 해 나가야 하지요. 사람들은 모두 각자 다른 환경 속에 살고 있고, 상황을 보는 눈이 다르기 때문에 늘 다른 일들이 일어나기 마련입니다. 이야기 속의 주인공들을 만나며 서로 다른 생각을 가지고 있다는 것을 알고, 존중하는 법도 배워야 해요. 또 하나의 목표를 향해서 어떤 점을 양보하고 어떤 점은 설득시켜야 하는지를 명확하게 하는 것도 알아야 해요.

'이솝 우화'와 '탈무드'는 하나하나 내용은 짧지만 이런 것을 연습할 수 있는 좋은 글감입니다. 주인공들의 어리석음과 잘못에 대한 질문들은 나쁜 행동을 꼬집는 것이 아니라, 어떻게 행동해야 할까를 생각해 보기 위해서임을 잊지 마세요.

이 책은 여러 단계로 나누어 이야기를 읽고, 질문하고 생각하며, 글쓰기를 완성할 수 있도록 구성했습니다. 지금껏 해 온 익숙한 생각과는 다르게 생각할 수 있는 질문으로 말이에요. 또 다른 눈으로 생각을 열어 가는 《꼬리에 꼬리를 무는 생각 초등 글쓰기 ❶》, 여러분들에게 생각의 문을 활짝 열어 주는 계기가 되리라 믿습니다.

2022년 3월 경주에서
장성애

차례

1 가치 어느 것이 더 가치와 의미가 있을까요?

2 배려 더불어 살려면 어떻게 해야 할까요?

 **욕심을 어떻게 절제해야 할까요?**

 **거짓에 숨긴 진짜 마음은 무엇일까요?**

이렇게 활용하세요

독서 감상문은 책에 담긴 이야기를 읽고 자신의 생각이나 느낌을 글로 표현하는 것을 말해요. 무엇에 대해 이야기하는지 내용을 이해한 뒤, 이야기에 대한 자신의 의견을 글로 적는 거지요. 하지만 이 모든 과정이 어렵게 느껴진다고요? 그럼 글을 쓴다고 생각하지 말고, 질문에 대답을 한다고 생각하는 건 어때요?
이야기를 읽고, 꼬리에 꼬리를 무는 생각 질문에 답을 하다 보면 어느새 독서 감상문 한 편이 뚝딱 완성됩니다.

하나 질문! 꼬리 달기

'이솝 우화'의 재미있는 이야기를 읽어 보세요. 딱 2쪽밖에 되지 않아서 읽는 데에도 큰 부담이 없습니다. 이야기의 중요한 장면을 담은 그림을 함께 보면서 읽으면 더욱 쉽게 이해할 수 있어요. 다 읽은 다음에는 3개의 질문으로 이야기를 곱씹으며 꼬리 달듯이 생각을 열어 보세요. 질문의 답이 있는 문장을 찾으면서 이야기의 내용을 확실하게 이해할 수 있습니다.

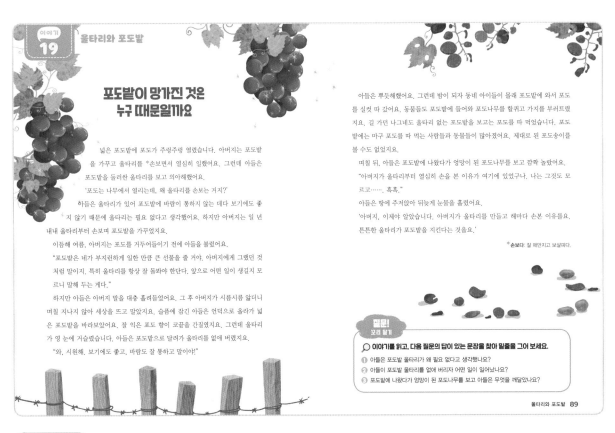

이야기 19 울타리와 포도밭

포도밭이 망가진 것은 누구 때문일까요

넓은 포도밭에 포도가 주렁주렁 열렸습니다. 아버지는 포도밭을 가꾸고 울타리를 *손보면서 열심히 일했어요. 그런데 아들은 포도밭을 둘러싼 울타리를 보고 의아해했어요.

'포도는 나무에서 열리는데, 왜 울타리를 손보는 거지?'

아들은 울타리가 있어 포도밭에 바람이 통하지 않는 데다 보기에도 좋지 않기 때문에 울타리는 필요 없다고 생각했어요. 하지만 아버지는 일 년 내내 울타리부터 손보며 포도밭을 가꾸었지요.

이듬해 여름, 아버지는 포도를 거두어들이기 전에 아들을 불렀어요.

"포도밭은 네가 부지런하게 일한 만큼 큰 선물을 줄 거야. 아버지에게 그랬던 것처럼 말이지. 특히 울타리를 항상 잘 돌봐야 한단다. 앞으로 어떤 일이 생길지 모르니 말해 두는 게다."

하지만 아들은 아버지 말을 대충 흘려들었어요. 그 후 아버지가 시름시름 앓더니 며칠 지나지 않아 세상을 뜨고 말았지요. 슬픔에 잠긴 아들은 언덕으로 올라가 넓은 포도밭을 바라보았어요. 잘 익은 포도 향이 코끝을 간질였지요. 그런데 울타리가 영 눈에 거슬렸어요. 아들은 포도밭으로 달려가 울타리를 없애 버렸지요.

"와, 시원해. 보기에도 좋고, 바람도 잘 통하고 말이야!"

아들은 뿌듯해했어요. 그런데 밤이 되자 동네 아이들이 몰래 포도밭에 와서 포도를 실컷 따 갔어요. 동물들도 포도밭에 들어와 포도나무를 할퀴고 가지를 부러트렸지요. 길 가던 나그네도 울타리 없는 포도밭을 보고 포도를 따 먹었습니다. 포도밭에는 마구 포도를 따 먹는 사람들과 동물들이 많아졌어요. 제대로 된 포도송이를 볼 수도 없었지요.

며칠 뒤, 아들은 포도밭에 나왔다가 엉망이 된 포도나무를 보고 깜짝 놀랐어요.

"아버지가 울타리부터 열심히 손을 본 이유가 여기에 있었구나. 나는 그것도 모르고…… 흑흑."

아들은 땅에 주저앉아 뒤늦게 눈물을 흘렸어요.

'아버지, 이제야 알았습니다. 아버지가 울타리를 만들고 해마다 손본 이유를요. 튼튼한 울타리가 포도밭을 지킨다는 것을요.'

*손보다: 잘 매만지고 보살피다.

> **질문! 꼬리 달기**
>
> 🔍 이야기를 읽고, 다음 질문의 답이 있는 문장을 찾아 밑줄을 그어 보세요.
>
> ① 아들은 포도밭 울타리가 왜 필요 없다고 생각했나요?
> ② 아들이 포도밭 울타리를 없애 버리자 어떤 일이 일어났나요?
> ③ 포도밭에 나왔다가 엉망이 된 포도나무를 보고 아들은 무엇을 깨달았나요?

✏️ 활용법

이야기의 핵심 내용을 이해할 수 있도록 3개의 질문을 뽑았습니다. 질문의 답이 있는 문장을 찾고, 밑줄을 그으면서 이야기의 내용을 한 번 더 떠올려 보세요. 해당 문장에 밑줄을 그을 때, 이야기를 소리 내어 읽으면 더욱 도움이 됩니다. 질문 속에 답을 찾을 수 있는 힌트가 들어 있으니 질문도 주의 깊게 읽어 보세요. 질문의 답은 이야기 길잡이에 표시해 두었습니다.

둘 생각! 꼬리 물기

이야기를 읽고 내용을 확실하게 이해했다면, 이제 더욱 깊이 생각할 차례입니다. 이야기의 주제가 담긴 질문을 읽고, 꼬리 물 듯 그에 대한 다양한 의견을 살펴봅니다. 토의 방식으로 꾸민 대화로 자신의 생각을 어떻게 표현하면 되는지 자연스럽게 배울 수 있어요. 자신의 주장을 펼치고 주장을 밑받침하는 근거를 내세우는 글을 읽으며 나의 의견과 생각도 정리해 보세요. 그럼 저절로 논리정연한 글을 쓸 수 있을 거예요.

✏️ 활용법

질문에 대한 세 가지 또는 네 가지 의견의 이유가 말풍선에 색으로 구분돼 있습니다. 어떤 입장이 나의 생각과 일치하는지 확인하며 대화를 읽어 보세요. 다 읽은 뒤에는 자신의 생각과 일치하는 답에 동그라미를 친 다음, 말풍선 안에 굵게 표시된 같은 색 문장을 다시 읽으면 자신의 주장을 펼치는 글을 쓰는 데 도움이 됩니다.

셋 글쓰기! 꼬리 잡기

자신의 생각이 정리되었으면 본격적으로 글을 써 봅니다. 꼬리 잡듯 3개의 질문에 대한 답을 하다 보면 어느새 한 편의 글이 될 거예요. 첫 번째 질문에는 이야기의 핵심 내용에 대한 답을, 두 번째 질문에는 이야기에 대한 자신의 의견을, 마지막 세 번째 질문에는 자신만의 상상력을 담아 문장을 써 보세요. 답변한 문장을 그대로 한 번 더 따라 쓰면 나만의 멋진 글이 완성됩니다.

✏️ 활용법

1️⃣ 핵심 내용 쓰기

이야기를 읽고 자신이 이해한 내용을 써 보세요.

2️⃣ 자기 의견 쓰기

자신의 생각과 같은 답에 동그라미 치고, 그 이유를 써 보세요. 글자 색과 같은 색 말풍선에 담긴 대화에 힌트가 있으니 그 문장을 비슷하게 따라 써도 좋습니다.

3️⃣ 상상해서 쓰기

만약 자신이 이야기의 주인공이라면 어떻게 할지 상상하며 문장을 만들어 보세요.

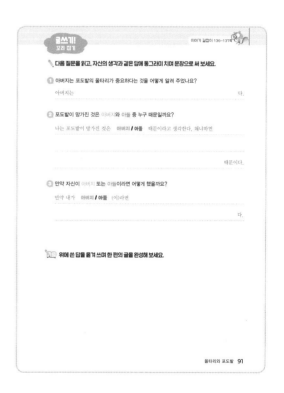

📖 한 편의 글 완성하기

1️⃣~3️⃣까지 답으로 쓴 문장을 연결해 옮겨 쓰며 한 편의 글을 완성해 보세요.

1

가치

어느 것이 더 가치와
의미가 있을까요?

차근차근 계획을 세워 글을 써 봐요!

누가 더 어리석을까요

어느 날, 표범과 여우가 서로 다투었어요. 둘은 자기가 더 아름답다고 우기며 큰 소리를 내면서 씩씩거렸지요.

"여우야, 나 좀 잘 봐 봐. 어디를 봐도 내가 너보다 더 아름답지 않니?"

표범이 말했어요.

"아니야, 내가 더 멋지고 아름답다니까!"

여우도 지지 않고 말했지요. 표범이 여우를 쓱 쳐다보며 말했어요.

"내 등에는 이렇게 아름다운 무늬가 있지만 너는 아무것도 없잖아. 게다가 내 몸매는 날렵해서 다른 동물들이 모두 부러워한다고. 그런데 여우야, 네 몸매를 좀 봐. 네가 봐도 너무 볼품없지 않아?"

여우가 냉큼 대답했어요.

"알록달록한 무늬가 있고, 몸매가 예쁘다고 해서 아름답다고 할 수는 없어. 나는 지혜롭게 판단하고 재빠르게 행동할 수 있는 머리를 가졌어. 이건 몸이 아름다운 것보다 훨씬 더 아름다운 거야!"

표범과 여우는 *옥신각신 다투다가 결국 등을 돌려 가 버렸습니다.

*옥신각신: 서로 옳으니 그르니 하며 다투는 모양.

질문! 꼬리 달기

🔍 **이야기를 읽고, 다음 질문의 답이 있는 문장을 찾아 밑줄을 그어 보세요.**

① 표범과 여우는 무엇 때문에 큰 소리를 내면서 씩씩거렸나요?

② 표범은 자기의 무엇이 아름답다고 말했나요?

③ 여우는 자기의 무엇이 아름답다고 말했나요?

생각! 꼬리 물기

✏️ 다음 친구들의 생각을 살펴보고, 자신의 생각을 정리해 동그라미 쳐 보세요.

표범이 더 어리석지. 표범의 알록달록한 무늬는 자기를 보호하기 위한 것이지, 남에게 자랑하려고 있는 게 아니야. 그런데 표범은 자기 무늬가 아름답다고 으스대며 무늬가 없는 여우를 보잘 것 없다고 무시했잖아.

여우가 진짜 지혜롭게 판단하고 재빠르게 행동할 수 있는지 증명할 수가 없어. 게다가 지혜로운 머리를 가진 게 자기의 장점이라고 하면서도 지혜롭게 행동하지 않았으니까 여우가 더 어리석다고 생각해.

**표범과 여우 중
누가 더 어리석을까요**

표범   여우

표범은 아름다운 무늬와 날쌔게 달릴 수 있는 등 다른 장점이 많아. 그런데 아름다운 자기 외모만 뽐냈지. 이처럼 자기가 가진 또 다른 장점을 제대로 발견하지 못한 표범이 더 어리석어.

표범이 외모에 관한 이야기를 꺼냈는데, 여우는 갑자기 자신이 지혜로운 머리를 가졌다고 자랑했어. 대화 주제에 벗어난 이야기를 한 여우가 더 어리석어.

✎ **다음 질문을 읽고, 자신의 생각과 같은 답에 동그라미 치며 문장으로 써 보세요.**

1 표범과 여우는 왜 옥신각신 다투었나요?

표범과 여우는 _____ 다.

_____

2 표범과 여우 중 누가 더 어리석을까요?

나는 표범과 여우 중   **표범 / 여우** 이/가 더 어리석다고 생각한다. 왜냐하면

_____

_____

때문이다.

_____

3 만약 자신이 표범 또는 여우라면 어떻게 했을까요?

만약 내가   **표범 / 여우**   (이)라면 _____

_____

다.

_____

📖 **위에 쓴 답을 옮겨 쓰며 한 편의 글을 완성해 보세요.**

어떤 것이 더 중요할까요

수사슴 한 마리가 연못에서 물을 마셨어요.

"아, 시원하다."

목을 축인 수사슴은 연못에 자기 모습을 비추어 보았어요. 뿔을 높이 치켜들어 앞모습은 물론, 옆모습까지 구석구석 살펴보았지요. 수사슴은 또다시 연못에 앞모습을 비추어 보다가 우쭐대며 중얼거렸습니다.

"내 뿔은 언제 보아도 아름답군! 음, 역시 멋져."

수사슴은 뿔을 바라보며 흐뭇해했어요. 그러다 연못에 비친 다리를 보고 한숨을 길게 내쉬었지요.

'내 다리는 왜 이렇게 가늘고 볼품이 없을까……'

그때 저 멀리서 수상한 소리가 들려왔어요. 수사슴은 귀를 쫑긋 세워 소리 나는 쪽을 살폈어요. 그리고 코를 벌렁대며 킁킁 냄새도 맡았어요.

"앗! 사냥개다. 큰일 났네. 얼른 도망치자."

수사슴은 가늘고 볼품없는 다리로 달리고 달렸어요. 사냥개와 사냥꾼이 따라올 수 없을 만큼 먼 곳으로 몸을 피했지요. 수사슴은 한숨을 돌리며 뒤를 돌아보았어요. 그런데 나뭇가지에 그만 뿔이 걸리고 말았어요.

"이럴 수가! 아름답다고 자랑하던 뿔이 나뭇가지에 걸리다니."

수사슴은 한참이나 안간힘을 썼지만 꼼짝달싹할 수가 없었습니다. 이윽고 수사슴을 발견한 사냥개들은 큰 소리로 짖어댔어요.

"컹컹! 컹컹컹!"

"음, 딱 걸렸군."

뒤따라온 사냥꾼이 수사슴에게 활을 겨누었어요. 사냥꾼을 바라보며 수사슴은 눈물을 흘렸지요.

'내가 못마땅해한 다리는 나를 살려 주었는데, 내가 자랑스러워한 뿔은 나를 죽이는구나!'

수사슴은 뒤늦게 후회했지만, 사냥꾼이 쏜 화살에 맞아 목숨을 잃고 말았어요.

질문!
꼬리 달기

🔍 **이야기를 읽고, 다음 질문의 답이 있는 문장을 찾아 밑줄을 그어 보세요.**

❶ 수사슴은 연못에 비친 자신의 뿔을 보며 뭐라고 중얼거렸나요?

❷ 수사슴은 자기 다리를 보고 왜 한숨을 길게 내쉬었나요?

❸ 활을 겨누는 사냥꾼을 바라보며 수사슴은 뒤늦게 무슨 후회를 했나요?

✏️ 다음 친구들의 생각을 살펴보고, 자신의 생각을 정리해 동그라미 쳐 보세요.

뿔은 수사슴이 암사슴을 차지하려고 싸움을 벌일 때 유용하게 쓰여. 또 뿔이 크면 다른 동물의 공격을 덜 받을 수 있지. 그러니까 뿔이 중요하지.

다리는 평소에 수사슴이 먹을 거리를 찾을 수 있게 해 줘. 또 목숨이 위태로울 때도 도망갈 수 있도록 해 주니까 다리가 더 중요해.

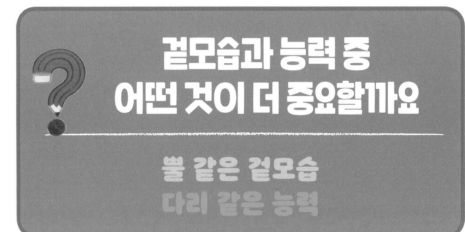

겉모습과 능력 중 어떤 것이 더 중요할까요

뿔 같은 겉모습
다리 같은 능력

수사슴 뿔처럼 겉모습이 아름다우면 사람들의 눈에 띨 수 있어 좋아. 사람들은 겉모습을 보고 내가 어떤 사람인지 판단하기 때문에 수사슴 뿔처럼 남들에게 자랑할 만한 것이 중요하다고 생각해.

처음에는 겉모습을 보고 그럴 수도 있지만, 시간이 흐르면 능력을 더 중요하게 여기게 돼. 만약 수사슴처럼 위험이 눈앞에 닥치면 뿔은 아무 소용이 없어. 따라서 수사슴 다리처럼 자기가 가진 능력이 더 중요해.

✏️ **다음 질문을 읽고, 자신의 생각과 같은 답에 동그라미 치며 문장으로 써 보세요.**

1 수사슴은 자기 뿔과 다리를 어떻게 생각했나요?

수사슴은 _____ 다.

2 수사슴의 뿔 같은 겉모습과 다리 같은 능력 중 어떤 것이 더 중요할까요?

나는 수사슴의 **뿔 같은 겉모습 / 다리 같은 능력** 이 더 중요하다고 생각한다. 왜냐하면

_____

_____ 때문이다.

3 만약 자신이 수사슴이라면 어떻게 했을까요?

만약 내가 수사슴이라면 _____

_____ 다.

📖 **위에 쓴 답을 옮겨 쓰며 한 편의 글을 완성해 보세요.**

내기는 공평할까요

어느 날, 바람이 해에게 잘난 체하며 말했어요.

"나는 무척 힘이 세! 저기 커다란 나무쯤은 내 입김에 뿌리째 뽑힐걸."

해가 차분하게 대답했어요.

"그래, 너는 그렇게 할 수 있을 거야. 하지만 힘은 지혜롭게 써야 해."

"뭐라고? 내가 지혜롭지 못하다는 거야?"

바람이 씩씩거리던 그때, 저 멀리 나그네가 터벅터벅 걸어오고 있었지요. 그 모습을 본 해가 바람에게 말했어요.

"바람아, 저기 걸어오는 나그네의 외투를 누가 먼저 벗기는지 내기해 보자."

"외투를 벗기는 것쯤이야, 나한테는 식은 죽 먹기지. 그럼 내가 먼저 할게."

바람은 숨을 들이쉰 다음 입김을 크게 불었습니다.

"후, 후우욱!"

"웬 바람이 이렇게 사납게 불지? 으, 추워."

나그네는 외투를 꼭 여미며 몸을 한껏 웅크렸어요. 바람은 나그네의 모습을 보고 몹시 당황했지요.

"아니, 이럴 수가! 이래도 외투를 안 벗을 테냐?"

바람이 입김을 더욱 세게 불었어요. 나그네는 외투가 벗겨질세라 두 손으로 온몸을 힘껏 감싸 안았어요. 아무리 입김을 불어도 나그네는 외투를 벗지 않았어요.

"드디어 내 차례군. 바람아, 잘 보렴."

해가 나그네에게 부드러운 햇살을 천천히 비추었어요.

"바람이 불고 춥더니 따스해졌네? 웬 날씨가 이렇게 변덕스러워."

나그네는 외투 단추를 풀고 손부채를 부치기 시작했어요. 해는 점점 더 강한 햇살을 비추었지요. 그러자 나그네는 걸음을 멈추고 외투를 벗었습니다.

"바람아, 내가 이겼지? 힘이 세다고 *뻐기면 절대로 안 되는 거야."

바람은 아무 말도 못하고 고개만 숙이고 있었답니다.

*뻐기다: 얄미울 정도로 매우 우쭐거리며 자랑하다.

질문! 꼬리 달기

🔍 **이야기를 읽고, 다음 질문의 답이 있는 문장을 찾아 밑줄을 그어 보세요.**

❶ 해는 바람에게 무슨 내기를 하자고 했나요?

❷ 바람이 입김을 더욱 세게 불었더니 나그네는 어떻게 행동했나요?

❸ 해가 점점 더 강한 햇살을 비추자 나그네는 어떻게 행동했나요?

다음 친구들의 생각을 살펴보고, 자신의 생각을 정리해 동그라미 쳐 보세요.

나그네의 외투를 누가 먼저 벗기는지 내기를 하자고 해가 먼저 말했지만, 바람도 이길 자신이 있으니까 그 말을 받아들였잖아. 바람이 해가 말한 내기에 동의했으니까 이 내기는 공평해.

만약 해가 커다란 나무를 뿌리째 뽑는 내기를 하자고 했다면 바람이 이겼을지도 몰라. 내기는 서로 비슷한 입장에서 해야 공평한데, 이 내기는 해에게만 유리하므로 공평하지 않아.

해와 바람의 내기는 공평할까요

공평하다   공평하지 않다

바람은 자기가 힘이 세다는 걸 보여 주고 싶어서 해가 말한 내기를 바로 허락한 거야. 자기가 입김을 세게 불면 나그네의 외투를 벗길 수 있다고 자신만만했지. 바람도 자기가 이길 거라고 생각하고 내기를 받아들였으니 공평하다고 볼 수 있어.

해는 자기의 장점을 제대로 알고, 어떻게 사용해야 하는지도 잘 알아. 바람에게 지혜롭게 힘을 써야 한다는 걸 내기를 통해 알려 주고 싶었던 거지. 하지만 해는 지혜롭기는 해도 바람은 장점은 고려하지 않았으니까 이 내기는 공평하지 않아.

글쓰기! 꼬리 잡기

✎ **다음 질문을 읽고, 자신의 생각과 같은 답에 동그라미 치며 문장으로 써 보세요.**

1 해와 바람은 무슨 내기를 했으며, 그 결과는 어떻게 됐나요?

해와 바람은   다.

2 해와 바람의 내기는 공평할까요?

나는 해와 바람의 내기가   **공평하다 / 공평하지 않다**   고 생각한다. 왜냐하면

때문이다.

3 만약 자신이 해 또는 바람이라면 어떻게 했을까요?

만약 내가   **해 / 바람** (이)라면

다.

📖 **위에 쓴 답을 옮겨 쓰며 한 편의 글을 완성해 보세요.**

누구의 생활이 더 나을까요

보름달이 뜬 날, 개가 뒷산 *어귀에서 늑대를 만났어요. 개와 늑대는 마치 친구처럼 스스럼없이 이야기를 나누었지요.

"너는 살도 통통하게 찌고 털도 매끄럽고 반질반질하구나. 먹고사는 게 편한가 보다."

비쩍 마른 늑대는 자기의 부스스한 털을 보며 개에게 물었어요.

"나는 주인님 집에서 주인님이 챙겨 주는 밥을 먹고살아. 너는 집이 없니?"

"응, 나는 그냥 동굴 같은 데에서 살아. 먹고살기 위해서 밤낮으로 사냥도 해야 해. 어떻게 하면 너처럼 아무 걱정 없이 살 수 있을까?"

"나처럼 살고 싶다고? 그럼 낮에는 주인님 곁을 지켜 드리고, 밤에는 도둑들이 들어오지 못하도록 주인님 집을 잘 지키면 돼. 아주 쉽지? 어때, 할 수 있겠어?"

늑대는 고개를 끄덕이며 개에게 마을로 데려가 달라고 부탁했어요. 개는 늑대와 함께 마을을 향해 걸어갔지요. 그때 환한 달빛이 개를 향해 비추자 늑대는 개의 목에 난 상처를 보았지요. 상처는 오래된 듯 주변에 털이 다 빠져 있었어요.

"목에 난 상처가 매우 깊어 보여. 무슨 큰일이라도 있었니?"

늑대가 걱정스럽게 물었어요.

"이거? 낮에 거는 쇠사슬 목걸이 때문에 그런 거야."

개는 대수롭지 않다는 듯이 대답했어요.

"쇠사슬 목걸이? 그게 뭔데?"

늑대가 깜짝 놀라 소리쳤어요.

"마을에 있는 개들은 모두 낮에 쇠사슬 목걸
이를 해야 해. 마을 사람들이 혹시나 자기들
을 해칠까 봐 이런 목걸이를 채우고 우리를 묶
어 두거든. 하지만 주인님네 가족들은 평소에 나를 무척 귀
여워하고, 맛있는 음식이 있으면 꼭 나누어 줘. 밤에는 이렇게 자유를
주고 말이야."

개가 으쓱하며 말했어요.

"그래? 나는 뒷산으로 돌아갈래. 나는 쇠사슬 목걸이에 매여서 살고 싶지
않아. 끼니를 거르고 비바람을 맞더라도 묶여 있지 않고, 자유롭게 사는 게 나는
더 좋아!"

늑대는 아무 미련도 없이 숲속으로 걸어갔어요. 개는 말없이 그 모습을 바라보았
답니다.

※ **어귀**: 드나드는 목의 첫머리.

질문! 꼬리 달기

🔍 **이야기를 읽고, 다음 질문의 답이 있는 문장을 찾아 밑줄을 그어 보세요.**

❶ 살도 통통하게 찌고 털도 매끄럽고 반질반질한 개는 어디서 어떻게 사나요?

❷ 비쩍 마르고 털도 부스스한 늑대는 어디서 어떻게 사나요?

❸ 늑대는 왜 개를 따라가지 않고 숲속으로 걸어갔나요?

생각! 꼬리 물기

✏️ **다음 친구들의 생각을 살펴보고, 자신의 생각을 정리해 동그라미 쳐 보세요.**

편안하게 사는 개가 더 낫지. 안전하게 잠을 잘 수 있는 집도 있고, 주인이 챙겨 주는 밥을 먹을 수 있으니 말이야. 비록 늑대만큼 자유롭게 움직이지 못하더라도 안정적으로 생활하는 개가 더 낫다고 생각해.

개는 주인의 말을 들어야 하니 자기 마음대로 살 수 없어. 하지만 주인이 없는 늑대는 자기가 하고 싶은 일도 마음껏 하고, 가고 싶은 곳도 언제든 자유롭게 갈 수 있어. 따라서 늑대처럼 자유로운 생활이 더 나아.

개와 늑대 중 누구의 생활이 더 나을까요

편안하게 사는 개
자유롭게 사는 늑대

개는 낮에는 쇠사슬 목걸이를 차고 묶여 있지만 밤에는 자유를 얻을 수 있잖아. 또 낮에는 주인을 지키고 밤에는 주인집을 지키기만 하면 안전하고 편안하게 살 수 있어. 자기가 잘할 수 있는 일을 하며 편안하게 사는 게 더 좋아.

생활하는 게 불편하지만 누군가의 도움을 받는 것보다 스스로 모험하고 도전하면서 자신만의 세상을 만드는 것이 더 좋아. 끼니를 거르고 비바람을 맞더라도 묶여 있지 않고, 자유롭게 사는 늑대의 생활이 더 나아.

다음 질문을 읽고, 자신의 생각과 같은 답에 동그라미 치며 문장으로 써 보세요.

1 늑대와 개는 어떻게 살고 있나요?

늑대는   다.
_____

개는   다.
_____

2 개와 늑대 중 누구의 생활이 더 나을까?

나는   **편안하게 사는 개 / 자유롭게 사는 늑대** 의 생활이 더 낫다고 생각한다. 왜냐하면
_____

_____

때문이다.
_____

3 만약 자신이 개 또는 늑대라면 어떻게 했을까?

만약 내가   **개 / 늑대** 라면   다.
_____

위에 쓴 답을 옮겨 쓰며 한 편의 글을 완성해 보세요.

젊은 쥐는 정말 잘못했을까요

　고양이가 낮잠에서 막 깨어나 먹을 것이 없나 주위를 두리번거렸어요. 그때 생쥐 한 마리가 아무것도 모른 채 길을 지나갔어요. 고양이는 앞발로 생쥐를 덥석 잡았어요.

　"악! 살려 주세요. 고양이 아저씨, 제발요."

　생쥐는 바들바들 떨며 애원했어요.

　"그럴 수는 없지. 나는 지금 배가 무척 고프다고."

　고양이는 인정사정없이 생쥐를 한입에 꿀꺽 삼켜 버렸어요. 다른 쥐들은 이 모습을 숨어서 지켜보다 두려움에 벌벌 떨었지요.

　'다음에는 내 차례일지도 몰라……'

　그날 저녁, 할아버지 쥐는 마을 쥐들을 한자리에 모았어요. 할아버지 쥐는 걱정스럽게 말했지요.

　"여러분, 저 나쁜 고양이에게 우리가 잡아먹히지 않으려면 무슨 수를 써야 하지 않겠소?"

　여기저기에서 겁에 질린 쥐들이 웅성거리자 젊은 쥐가 말했지요.

　"이렇게 떠든다고 좋은 수가 나오나요?"

　"오! 자네에게 무슨 뾰족한 수가 있는가?"

　할아버지 쥐가 반갑게 물었어요. 젊은 쥐는 잘난 체하며 대답했지요.

"아주 간단하고 좋은 방법이죠. 고양이 목에 방울을 다는 거예요. 고양이가 움직일 때마다 방울 소리가 들릴 테고, 방울 소리가 들리면 우리는 무조건 도망치면 돼요."

"이야, 그거 정말 기발한데!"

쥐들은 모두 감탄했어요. 그때 할아버지 쥐가 나지막이 말했어요.

"그런데 …… 누가 고양이 목에 방울을 다는 게 좋겠소?"

쥐들이 눈치를 보며 순식간에 조용해졌어요. 할아버지 쥐는 젊은 쥐를 보고 말했어요.

"그런 기발한 방법을 생각한 자네가 고양이 목에 방울을 달고 오면 좋겠네만?"

"제가요? 그랬다가는 방울을 달기 전에 고양이한테 잡아먹히고 말 텐데요."

젊은 쥐는 얼굴이 새빨개졌어요. 그리고 풀이 죽어 슬그머니 자리에 앉았어요. 그 모습을 본 할아버지 쥐가 한숨을 내쉬면서 말했습니다.

"아무리 좋은 방법이라도, 자기는 물론 그 누구라도 실천하지 못할 일이라면 아무 쓸모가 없다네."

질문! 꼬리 달기

🔍 **이야기를 읽고, 다음 질문의 답이 있는 문장을 찾아 밑줄을 그어 보세요.**

❶ 할아버지 쥐는 마을 쥐들을 한자리에 모아 뭐라고 말했나요?

❷ 젊은 쥐는 고양이 목에 방울을 다는 것이 왜 간단하고 좋은 방법이라고 했나요?

❸ 할아버지 쥐는 젊은 쥐가 낸 기발하고 좋은 방법을 어떻게 생각했나요?

생각! 꼬리 물기

✏️ **다음 친구들의 생각을 살펴보고, 자신의 생각을 정리해 동그라미 쳐 보세요.**

젊은 쥐는 '고양이 목에 방울을 달자'는 의견만 냈을 뿐, 고양이 목에 방울을 달 방법은 생각하지 않았어. 할아버지 쥐의 말처럼 누구라도 실천하지 못할 일이라면 아무 쓸모가 없어. 그러므로 젊은 쥐가 잘못했어.

젊은 쥐는 잘못이 없어. 아무도 의견을 내지 않는데 젊은 쥐는 용기 있게 의견을 낸 데다, 그 의견이 기발하기까지 했으니 오히려 칭찬받아야 해. 고양이 목에 방울을 달 방법은 다른 쥐들과 더 깊이 고민해 볼 수 있잖아.

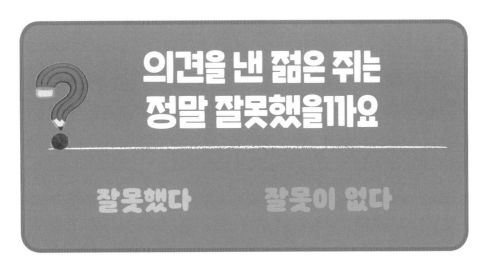

의견을 낸 젊은 쥐는 정말 잘못했을까요

잘못했다   잘못이 없다

의견을 낼 때는 실제로 행동할 수 있는지 먼저 생각한 뒤에 말하는 게 맞아. 일을 빨리 해야 하는데 엉뚱한 아이디어를 낸다면 시간을 낭비하는 꼴이지. 젊은 쥐는 좀 더 신중하게 고민한 뒤 의견을 냈어야 해.

세상에는 엉뚱한 아이디어에서 나온 발명품도 많아. 아무리 행동으로 옮길 수 없는 의견이라고 해도 쉽게 무시해서는 안 돼. 다양한 의견을 모아야 더 좋은 의견이 나오니까. 젊은 쥐는 잘못이 없어.

✏️ **다음 질문을 읽고, 자신의 생각과 같은 답에 동그라미 치며 문장으로 써 보세요.**

1 할아버지 쥐는 왜 젊은 쥐가 낸 의견을 쓸모없다고 했나요?

할아버지 쥐는 _____ 다.

2 의견을 낸 젊은 쥐는 정말 잘못했을까요?

나는 의견을 낸 젊은 쥐가 **잘못했다 / 잘못이 없다** 고 생각한다. 왜냐하면

_____

_____ 때문이다.

3 만약 자신이 젊은 쥐 또는 할아버지 쥐라면 어떻게 했을까요?

만약 내가 **젊은 쥐 / 할아버지 쥐** 라면

_____

_____ 다.

 위에 쓴 답을 옮겨 쓰며 한 편의 글을 완성해 보세요.

2

배려

더불어 살려면
어떻게 해야 할까요?

차근차근 계획을 세워 글을 써 봐요!

누가 더 잘못했나요

여우와 두루미는 같은 숲속에서 살았어요. 어느 날, 여우가 호숫가를 산책하다 두루미를 만났어요. 여우는 반가워하며 두루미를 자기 집으로 초대했습니다.

여우는 맛있게 만든 수프를 접시에 담아 두루미에게 권했어요. 두루미는 긴 부리로 수프를 쪼아 먹으려고 했지만, 접시가 넓적해서 먹을 수가 없었어요. 그러자 여우는 두루미가 잔뜩 남긴 수프를 가져다가 접시째 싹싹 핥아 먹었지요. 그 모습을 본 두루미는 여우가 자기를 골탕 먹인다고 생각했어요. 두루미는 매우 화가 나 씩씩거리며 집으로 돌아갔습니다.

며칠 뒤, 두루미도 음식을 대접하고 싶다며 여우를 자기 집에 초대했어요. 두루 미는 정성스럽게 만든 고기를 목이 긴 병에 담아 여우에게 권했어요. 두루미는 긴 부리를 병에 집어넣어 고기를 먹었지만, 여우는 입이 짧아 고기를 한 점도 먹지 못 했지요. 그러자 두루미는 여우 앞에 놓인 긴 병을 가져다가 고기를 남김없이 먹어 치웠어요. 여우는 그 모습을 보며 쩝쩝 입맛만 다셨답니다.

질문!
꼬리 달기

🔍 이야기를 읽고, 다음 질문의 답이 있는 문장을 찾아 밑줄을 그어 보세요.

① 여우 집에 초대된 두루미는 왜 수프를 먹지 못했나요?

② 두루미는 왜 화가 나 집으로 돌아갔나요?

③ 두루미 집에 초대된 여우는 왜 고기를 먹지 못했나요?

✏️ 다음 친구들의 생각을 살펴보고, 자신의 생각을 정리해 동그라미 쳐 보세요.

　자기 집에 친구를 초대했으면 친구가 좋아하는 음식과 그에 맞는 그릇을 준비했어야지. 자기 집에 초대해 놓고 두루미를 제대로 대접하지 못한 여우가 잘못했어.

두루미는 자기 부리가 길어서 넓적한 접시에 담긴 수프는 먹을 수 없다고 여우에게 말을 했어야 해. 자기 의견은 제대로 말하지 않고 화를 낸 두루미가 더 잘못했어.

여우와 두루미 중 누가 더 잘못했나요

여우　　　　두루미

　오히려 여우가 두루미에게 왜 못 먹는지 물어봤어야 해. 그런데 여우는 두루미에게 묻지도 않고, 두루미의 수프 접시를 가져다가 혼자 다 먹어 버렸잖아. 여우가 잘못했으니 두루미가 화를 내는 것은 당연해.

똑같이 되갚아 주려고 여우를 자기 집에 초대해 긴 병에 고기를 담아 대접한 두루미가 더 나빠. 자기가 속상했던 일을 여우에게 솔직하게 말하지 않고 앙갚음을 하다니! 두루미가 더 잘못했어.

글쓰기!
꼬리 잡기

✏️ **다음 질문을 읽고, 자신의 생각과 같은 답에 동그라미 치며 문장으로 써 보세요.**

1 여우와 두루미는 서로에게 대접한 음식을 왜 먹지 못했나요?

여우와 두루미는

_____

다.

_____

2 여우와 두루미 중 누가 더 잘못했나요?

나는 여우와 두루미 중   **여우 / 두루미**   가 더 잘못했다고 생각한다. 왜냐하면

_____

때문이다.

_____

3 만약 자신이 여우 또는 두루미라면 어떻게 했을까요?

만약 내가   **여우 / 두루미**   라면

_____

다.

_____

 위에 쓴 답을 옮겨 쓰며 한 편의 글을 완성해 보세요.

친구를 용서해야 할까요

어느 마을에 사이가 좋은 두 친구가 살았어요. 두 사람은 여행을 떠났지요. 둘이 즐겁게 산길을 걷는데, 어디선가 이상한 소리가 들렸어요. 소리가 나는 곳을 찾던 두 사람은 깜짝 놀라 몸을 움직일 수가 없었어요. 엄청나게 큰 곰 한 마리가 두 사람 앞에 나타났거든요. 한 친구는 재빠르게 주위를 살핀 뒤, 순식간에 높은 나무 위로 올라갔어요. 하지만 다른 한 친구는 무섭고 놀란 나머지 다리가 후들거리고 온몸이 떨려 꼼짝달싹할 수 없었어요.

'이 일을 어쩜담. 소리를 지르면 곰이 덤벼들 텐데……. 곰이 이쪽으로 점점 다가오는데 큰일 났네…….'

바로 그때 지난번 마을에서 만난 사냥꾼이 한 말이 생각났어요.

'곰은 죽은 건 절대로 먹지 않죠.'

'그래, 그렇게 한번 해 보자.'

벌벌 떨던 다른 한 친구는 땅에 납작 엎드려 마치 죽은 사람처럼 숨도 쉬지 않았어요. 곰은 어슬렁어슬렁 다가와 엎드린 친구 몸에 코를 바싹 들이대고 냄새를 킁킁 맡았어요. 그런 뒤 친구 머리를 코끝으로 툭툭 치기도 하고 앞발로 친구 어깨를 흔들어 보기도 했지요. 나무 위에서 그 모습을 보던 친구는 고개를 갸우뚱했어요.

곰은 죽은 척 꼼짝도 하지 않는 친구를 한참 지켜보더니 천천히 사라졌어요. 높은 나무 위로 올라갔던 친구는 후다닥 내려와 다른 한 친구에게 물었어요.

"이봐! 괜찮은가? 곰이 자네한테 무슨 짓을 할까 봐 무척 걱정했다네. 그런데 아까 보니 그 곰이 자네에게 무언가를 말하는 것 같던데, 뭐라고 하던가?"

그제야 땅에 엎드려 있던 친구가 일어나 흙을 털면서 대답했어요.

"목숨이 위험할 때 혼자만 살겠다며 친구를 버려두고 도망치는 사람은 친구가 아니라고 하더군."

"……."

나무 위에 올라갔던 친구는 아무 말도 하지 못했습니다.

질문!
꼬리 달기

🔍 **이야기를 읽고, 다음 질문의 답이 있는 문장을 찾아 밑줄을 그어 보세요.**

1 소리 나는 곳을 찾던 두 사람이 깜짝 놀란 이유는 무엇인가요?

2 곰을 만난 두 친구는 각각 어떻게 행동했나요?

3 땅에 엎드려 있던 친구는 일어나 나무 위로 올라갔던 친구에게 뭐라고 말했나요?

생각! 꼬리 물기

✏️ 다음 친구들의 생각을 살펴보고, 자신의 생각을 정리해 동그라미 쳐 보세요.

나무 위로 올라간 친구를 용서하면 안 돼. 자기만 살기 위해 친구를 나 몰라라 하고 혼자 나무 위에 올라간 것은 정말 잘못된 행동이야. 진정한 친구라면 같이 살 방법을 생각했어야 해.

커다란 곰이 다가오는데 서로 함께하자며 우왕좌왕하면 둘 다 다치거나 죽을 수도 있어. 한 사람이라도 재빨리 나무 위에 올라간 게 다행이야. 그러므로 나무 위로 올라간 친구를 용서해야 해.

나무 위로 올라간 친구를 용서해야 할까요

용서하면 안 된다   용서해야 한다

친한 친구라면 자기 자신만큼 친구도 소중하게 여겨야지. 자기 혼자 살기 위해 나무 위로 올라가다니! 땅에 엎드린 친구가 실망할 수밖에 없어. 친구 사이에 믿음을 깨뜨린 행동은 용서하면 안 돼.

나무 위로 올라간 친구는 혼자만 살려고 한 게 아니라 우선 자기 목숨부터 구하려고 한 거야. 또한 땅에 엎드린 친구도 자기만의 방법을 찾아 곰에게서 벗어났으니 나무 위에 올라간 친구를 용서해야 해.

✏️ **다음 질문을 읽고, 자신의 생각과 같은 답에 동그라미 치며 문장으로 써 보세요.**

① 사이가 좋은 두 친구는 곰이 나타나자 각각 어떻게 행동했나요?

사이가 좋은 두 친구는 곰이 나타나자

_____

다.

_____

② 혼자 나무 위로 올라간 친구를 용서해야 할까요?

나는 혼자 나무 위로 올라간 친구를 **용서하면 안 된다 / 용서해야 한다** 고 생각한다. 왜냐

하면 _____ 때문이다.

③ 만약 자신이 친구와 길을 가다가 곰을 만났다면 어떻게 했을까요?

만약 내가 친구와 길을 가다가 곰을 만났다면

_____

다.

_____

 위에 쓴 답을 옮겨 쓰며 한 편의 글을 완성해 보세요.

누가 가장 어리석을까요

말과 나귀를 한 마리씩 기르는 농부가 있었어요. 그는 말을 무척 아껴 시장에 갈 때면 언제나 나귀 등에만 무거운 짐을 실었지요. 어느 날 밤, 나귀가 말에게 말했어요.

"벌써 내일이 장날이네. 내일도 시장에 내다 팔 물건은 내가 다 짊어지겠지?"

"그렇지. 짐은 늘 자네가 싣고 갔으니."

말이 심드렁하게 대답했지만, 당나귀는 말을 이어 갔어요.

"며칠 전부터 내가 많이 아파서 영 기운을 못 쓰고 있다네."

"그래 보이기는 하는군."

말은 나귀를 쳐다보지도 않고 말했어요.

"내가 내일도 무거운 짐을 싣고 시장에 간다면 쓰러지고 말걸세. 내 짐을 자네가 나눠 싣도록 주인님께 말 좀 해 주게. 제발 부탁하네."

나귀가 다 죽어 가는 소리로 말했습니다.

"짐을 싣는 것은 주인님 마음이니 내가 어찌하겠나. 내일을 위해 어서 잠이나 푹 자 두게."

무거운 짐을 짊어지기 싫은 말은 나귀의 부탁을 모른 체했어요.

다음 날, 주인은 새벽부터 나귀 등에 짐을 잔뜩 실었지요.

"자, 오늘도 시장에서 할 일이 많다. 게으름 피우지 말고 얼른 가자. 이랴."

말은 나귀 다리가 후들거리는 것을 보았지만, 주인에게 아무 말도 하지 않았어요. 얼마쯤 걸었을까요? 나귀가 휘청거리다가 풀썩 쓰러지고 말았어요.

"어라, 나귀가 왜 이래? 어서 일어나!"

나귀는 거칠게 숨을 몰아쉬다가 결국 숨을 거두었어요. 말은 당황했지만 아무 말 없이 나귀만 바라보았습니다.

"큰일이네. 시장에 가려면 아직 반도 더 남았는데……."

주인은 어쩔 줄 몰라 하며 한참 망설이다가 죽은 나귀 등에서 짐을 풀었어요. 그리고 그 짐을 말 등에 모두 싣고 단단히 묶은 다음, 죽은 나귀까지 얹었지요. 그제야 말은 무엇이 잘못되었는지 깨달았어요.

'나귀가 이렇게 무거운 짐을 지고 다녀서 병이 나 죽은 것이구나. 아파서 도와 달라고 했는데 모른 체한 나는 얼마나 못된 말인가? 그래서 오늘은 죽은 나귀까지 내가 짊어지게 되었어. 흑흑…….'

질문!
꼬리 달기

🔍 **이야기를 읽고, 다음 질문의 답이 있는 문장을 찾아 밑줄을 그어 보세요.**

❶ 몸이 아픈 나귀는 말에게 무엇을 부탁했나요?

❷ 말이 나귀의 부탁을 모른 체한 이유는 무엇인가요?

❸ 나귀가 숨을 거두자 주인은 한참 망설이다가 어떻게 했나요?

생각!
꼬리 물기

✏️ **다음 친구들의 생각을 살펴보고, 자신의 생각을 정리해 동그라미 쳐 보세요.**

나귀가 가장 어리석어. 나귀는 자기가 얼마나 힘들고 아픈지를 주인에게 직접 말했어야 해. 평소에 혼자 짐을 드는 게 힘들다고 말하지 않았기 때문에 주인은 나귀가 힘든 줄도 모르고, 아픈 줄도 몰랐을 거야.

무척 힘들어하며 짐을 나눠 싣도록 주인에게 말해 달라는 나귀의 부탁을 거절한 말은 정말 잘못했어. 또 나귀가 죽으면 그 모든 일을 자기가 맡아야 한다는 것조차 예상하지 못했잖아. 말이 가장 어리석어.

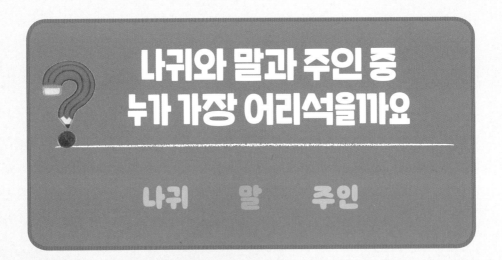

**나귀와 말과 주인 중
누가 가장 어리석을까요**

나귀   말   주인

나귀와 말의 주인이 가장 어리석어. 처음부터 나귀와 말에게 짐을 나누어 실었다면 나귀가 병이 들거나 죽는 일은 없었을 거야. 말 혼자서 많은 짐을 나르게 되면 말도 나귀처럼 병이 들거나 죽을지도 몰라. 나귀와 말은 결국 주인의 재산인데, 관리를 제대로 못한 주인이 가장 어리석다고 생각해.

✎ **다음 질문을 읽고, 자신의 생각과 같은 답에 동그라미 치며 문장으로 써 보세요.**

1 나귀가 목숨을 잃은 이유는 무엇인가요?

나귀는   다.
- -

2 나귀와 말과 주인 중 누가 가장 어리석을까요?

나는 나귀와 말과 주인 중   **나귀 / 말 / 주인**   가/이 가장 어리석다고 생각한다. 왜냐하면
- -

- -

때문이다.
- -

3 만약 자신이 나귀 또는 말 또는 주인이라면 어떻게 했을까요?

만약 내가   **나귀 / 말 / 주인**   (이)라면
- -

다.
- -

📖 **위에 쓴 답을 옮겨 쓰며 한 편의 글을 완성해 보세요.**

사자는 은혜를 꼭 갚아야 할까요

어느 날, 사자가 시원한 나무 그늘에서 기분 좋게 낮잠을 잤어요. 그때 어디선가 작은 생쥐가 나타났지요. 생쥐는 사자 등을 타고 올라가 미끄럼틀을 타고, 갈기 속에 숨기도 하면서 재미있게 놀았어요. 그런데 사자가 몸이 간질거려 잠에서 깨고 말았어요. 사자는 반쯤 뜬 눈으로 자기의 코털을 만지는 생쥐를 보았지요.

"네 이놈! 지금 무슨 짓을 하는 거냐?"

사자는 작은 생쥐를 한 손에 움켜잡고 소리쳤어요. 생쥐는 몸을 바들바들 떨면서 말했지요.

"한, 한 번만 용서해 주세요, 사자 대왕님."

"출출하던 참인데 마침 잘됐군. 너를 간식 삼아 한입에 먹어야겠다."

사자 말에 겁에 질린 생쥐가 간절하게 외쳤어요.

"사자 대왕님, 한 번만 용서해 주시면 은혜를 꼭 갚을게요. 반드시 약속을 지키겠습니다."

사자는 생쥐가 불쌍해 보여 놓아주기로 했어요. 목숨을 구한 생쥐는 사자에게 몇 번이고 머리를 조아리며 숲속으로 사라졌습니다.

며칠 뒤, 사자의 큰 울음소리가 숲속을 뒤흔들었어요. 사냥꾼이 쳐 놓은 그물에 걸려 사자가 꼼짝달싹할 수 없게 된 거예요. 사자는 더 크게 울부짖었지만, 도와주러 오는 동물은 없었어요. 그때 어디선가 사각거리는 소리가 작게 들려왔어요. 사자가 소리 나는 쪽으로 고개를 돌렸습니다. 그런데 그곳에 작은 생쥐가 그물줄을 열심히 갉고 있는 게 아니겠어요?

"제가 은혜를 갚는다고 했잖아요."

생쥐가 한참 동안 그물줄을 갉아 낸 덕분에 사자는 그물 밖으로 나올 수 있었지요.

"휴! 생쥐야, 정말 고맙다. 너한테 이런 도움을 받을 줄을 몰랐구나."

사자는 마음을 놓으며 생쥐에게 말했어요.

"작다고 무시하지 마세요. 저도 사자 대왕님을 도와 드릴 수 있으니까요."

"그래, 생쥐 네 덕분에 살았다. 하마터면 사냥꾼에게 잡혀가서 죽을 뻔했구나."

사자는 눈물이 날 만큼 생쥐가 고마웠답니다.

질문!
꼬리 달기

🔍 **이야기를 읽고, 다음 질문의 답이 있는 문장을 찾아 밑줄을 그어 보세요.**

❶ 생쥐는 사자 등을 타고 올라가 어떻게 놀았나요?

❷ 사자는 무슨 말을 듣고 생쥐를 놓아주기로 했나요?

❸ 사자는 어떻게 그물 밖으로 나올 수 있었나요?

생각!
꼬리 물기

다음 친구들의 생각을 살펴보고, 자신의 생각을 정리해 동그라미 쳐 보세요.

사자가 생쥐의 목숨을 살려 준 것은 커다란 노력이 들지 않았지만, 생쥐는 한참 동안 그물줄을 갉아 내어 죽을 뻔한 사자를 구했어. 그러므로 사자는 당연히 생쥐에게 목숨을 구해 준 은혜에 보답해야 해.

사자는 낮잠을 방해한 생쥐를 �날름 삼켰을 텐데, 생쥐의 간절한 말을 듣고 살려 주었어. 그래서 생쥐도 사자에게 은혜를 꼭 갚겠다고 했고. 생쥐는 자신이 한 약속을 지킨 것이므로 사자는 생쥐에게 은혜를 안 갚아도 돼.

사자는 생쥐에게 은혜를 꼭 갚아야 할까요

갚아야 한다   안 갚아도 된다

누가 더 위험하든 아니든, 누가 더 큰 노력을 했든 안 했든 목숨을 구해 준 것은 고마워할 일이야. 사자와 생쥐는 서로 한 번씩 목숨을 구해 주었으니 사자는 생쥐에게 굳이 은혜를 갚지 않아도 돼.

✏️ **다음 질문을 읽고, 자신의 생각과 같은 답에 동그라미 치며 문장으로 써 보세요.**

1 생쥐는 그물에 걸린 사자를 왜 구해 주었나요?

생쥐는

다.

2 사자는 도움을 준 생쥐에게 은혜를 꼭 갚아야 할까요?

나는 사자가 도움을 준 생쥐에게 은혜를 꼭   **갚아야 한다 / 안 갚아도 된다**   고 생각한다.

왜냐하면

때문이다.

3 만약 자신이 사자 또는 생쥐라면 어떻게 했을까요?

만약 내가   **사자 / 생쥐**   라면

다.

 위에 쓴 답을 옮겨 쓰며 한 편의 글을 완성해 보세요. .

여치는 당나귀의 죽음을
책임져야 할까요

몹시 무더운 여름날이었어요. 당나귀가 땀을 뻘뻘 흘리면서 숲속을 걸어갔어요.
그런데 어디선가 노랫소리가 들려왔어요.

"정말 아름다워. 나도 저렇게 아름답게 노래를 부를 수만 있다면……. 그런데 누
가 노래를 부르는 거지?"

당나귀는 한참을 두리번거리다가 풀잎에 앉아 노래하는 여치를 발견했어요.

"여치로구나! 이렇게 작은 네가 이토록 아름답게 노래하다니!"

"우리 여치들은 모두 다 이렇게 아름답게 노래를 부르는걸요."

여치는 대수롭지 않게 대답했어요. 노래를 잘 부르고 싶던 당나귀는 여치에게 물었어요.

"너는 무엇을 먹고 살길래 그렇게 아름다운 목소리로 노래하는 거니?"

"풀잎에 달린 이슬을 먹고 살지요."

여치 말을 듣고 당나귀는 뛸 듯이 기뻤어요. 여치처럼 이슬만 먹고 살면 노래를 잘 부를 수 있을 것이라고 믿었기 때문이에요.

'앞으로 이슬만 먹으며 지내야겠어.'

그날부터 당나귀는 풀잎에 달린 이슬만 먹고 살았어요. 그러나 여치처럼 아름다운 소리는 나오지 않았어요. 얼마 후 당나귀는 굶어 죽고 말았답니다.

질문!
꼬리 달기

🔍 **이야기를 읽고, 다음 질문의 답이 있는 문장을 찾아 밑줄을 그어 보세요.**

❶ 노래를 잘 부르고 싶던 당나귀는 여치에게 무엇을 물었나요?

❷ 당나귀는 왜 앞으로 이슬만 먹으며 지내겠다고 생각했나요?

❸ 이슬만 먹고 산 당나귀는 어떻게 되었나요?

생각! 꼬리 물기

✏️ **다음 친구들의 생각을 살펴보고, 자신의 생각을 정리해 동그라미 쳐 보세요.**

여치는 정말 이슬만 먹고 살았을까? 여치는 원래 작은 곤충을 먹고 사는데 당나귀에게 이슬을 먹어서 아름다운 목소리로 노래할 수 있다며 거짓말을 했어. 만약 여치가 사실대로 말했다면 당나귀가 죽는 일은 없었을 거야.

여치는 당나귀에게 이슬을 먹으라고 한 적이 없어. 게다가 여치는 이슬을 먹고 산다고 했지, 이슬만 먹고 산다고 하지 않았어. 당나귀는 자기 멋대로 이슬만 먹고 아름답게 노래를 부를 수 있다고 착각한 거지.

여치는 당나귀의 죽음을 책임져야 할까요

책임져야 한다   책임질 필요가 없다

여치의 노랫소리는 사실 날개를 비벼 나오는 소리야. 그런데 여치는 이것을 당나귀에게 제대로 알려 주지 않았어. 장난스럽게 말한 여치 때문에 당나귀는 이슬만 먹어 목숨을 잃었으므로 여치가 책임져야 해.

여치가 날개를 비벼 소리를 낸다고 알려 주었다면, 당나귀는 자기 다리를 비비다가 죽었을 거야. 당나귀가 여치의 노랫소리를 흉내 내고 싶은 마음에 스스로 이슬만 먹은 거야. 여치는 당나귀의 죽음을 책임질 필요가 없어.

✏️ **다음 질문을 읽고, 자신의 생각과 같은 답에 동그라미 치며 문장으로 써 보세요.**

1 당나귀는 왜 이슬만 먹었으며, 이슬만 먹다가 어떻게 되었나요?

당나귀는 _____ 다.

----

2 여치는 당나귀의 죽음을 책임져야 할까요?

나는 여치가 당나귀의 죽음을   **책임져야 한다 / 책임질 필요가 없다**   고 생각한다. 왜냐하면

때문이다.

----

3 만약 자신이 여치 또는 당나귀라면 어떻게 했을까요?

만약 내가   **여치 / 당나귀**   라면 _____

다.

📖 **위에 쓴 답을 옮겨 쓰며 한 편의 글을 완성해 보세요.**

3

절제

욕심을 어떻게
절제해야 할까요?

차근차근 계획을 세워 글을 써 봐요!

부부는 운이 좋을까요

어느 마을에 특별한 거위를 기르는 부부가 살았어요. 그 거위는 날마다 황금알을 한 개씩 낳았지요. 황금알을 낳는 거위 덕분에 부부는 금방 부자가 되었어요. 그러던 어느 날, 부인은 문득 이런 생각이 떠올랐어요.

'거위 배에 엄청난 황금이 들어 있는 게 아닐까? 하루에 하나씩 황금알을 갖는 것보다 한꺼번에 많은 황금알을 얻는다면 더 큰 부자가 될 텐데…….'

부인은 남편에게 거위 배를 갈라 보자고 말했어요. 남편은 안 된다며 부인을 말렸어요. 하지만 부인은 막무가내로 졸랐습니다. 결국 부부는 부인의 고집대로 거위 배를 갈랐어요. 그런데 어찌된 일일까요? 황금알을 낳는 거위 배 속은 다른 거위와 똑같았답니다.

🔍 **이야기를 읽고, 다음 질문의 답이 있는 문장을 찾아 밑줄을 그어 보세요.**

1️⃣ 부부가 기르는 거위는 왜 특별했나요?

2️⃣ 부인은 무슨 생각으로 남편에게 거위 배를 갈라 보자고 했나요?

3️⃣ 거위 배를 갈라 보니 배 속은 어떠했나요?

생각! 꼬리 물기

✎ 다음 친구들의 생각을 살펴보고, 자신의 생각을 정리해 동그라미 쳐 보세요.

날마다 황금알을 하나씩 낳는 특별한 거위를 기르는 것만 해도 이미 부부는 운이 좋다고 할 수 있어. 황금알을 낳는 거위는 아무나 가질 수 있는 게 아니기 때문이야.

부인은 황금알을 낳아 준 거위에게 감사하기는커녕 더 많은 욕심을 부려 거위를 죽였어. 남편이 말렸는데도 말이야. 부부는 서로 원망하면서 살게 될 테니 운이 나쁜 거야.

부부는 운이 좋을까요

운이 좋다   운이 나쁘다

부부는 비록 거위가 죽어서 이제 더 이상 황금알을 얻지는 못하지만, 그동안 모아 둔 황금알로 부자가 되었어. 그것만 해도 부부는 운이 좋아.

욕심이 지나치면 가진 것도 잃게 될 수 있어. 원래 없는 것보다 있다가 없어지는 것이 더 불행할 수 있기 때문에 부부는 운이 좋지 않아.

✏️ **다음 질문을 읽고, 자신의 생각과 같은 답에 동그라미 치며 문장으로 써 보세요.**

1 부인은 거위 배를 왜 갈랐나요?

부인은 　　　　　　　　　　　　　　　　　　　　　　　　　　　　　다.
- -

2 황금알을 낳는 거위를 기르는 부부는 운이 좋을까요?

나는 황금알을 낳는 거위를 기르는 부부가 운이 **좋다 / 나쁘다** 고 생각한다. 왜냐하면
- -

- -

　　　　　　　　　　　　　　　　　　　　　　　　　　　　때문이다.
- -

3 만약 자신이 부인이라면 어떻게 했을까요?

만약 내가 부인이라면
- -

　　　　　　　　　　　　　　　　　　　　　　　　　　　　　　다.
- -

📖 **위에 쓴 답을 옮겨 쓰며 한 편의 글을 완성해 보세요.**

이야기 12 욕심쟁이 개

욕심을 내는 것은
정말 나쁘기만 할까요

어느 날, 개 한 마리가 길을 걷다가 무언가 떨어져 있는 것을 보았어요. 가까이 가 보니 먹음직스러운 고깃덩어리였어요. 개는 찬찬히 주위를 둘러보았어요. 그리고 기분 좋게 고기를 덥석 물고 개울가 다리를 건너기 시작했어요. 아무도 없는 곳에서 혼자 먹을 생각이었거든요.

개는 다리를 건너다가 무심코 물속을 들여다보았습니다. 그런데 그곳에 또 다른 개가 커다란 고깃덩어리를 물고 빤히 쳐다보고 있는 게 아니겠어요?

'앗, 내 것보다 고깃덩어리가 더 크잖아!'

개는 욕심이 났어요. 그래서 그 고깃덩어리를 빼앗으려고 물속의 개를 향해 소리쳤지요.

"야! 그거 내 거야. 이리 내놔, 컹컹!"

그 순간 개가 물고 있던 고깃덩어리가 물속에 풍덩 빠지고 말았어요. 고깃덩어리는 저 멀리 떠내려가 버렸습니다. 개는 아쉬운 마음에 다시 물속을 들여다보았어요. 그런데 이번에는 입에 아무것도 물지 않는 개 한 마리가 자기를 쳐다보고 있었지요.

'아뿔싸! 저건 나잖아. 물에 비친 내 모습도 몰라보고……. 아까운 고깃덩어리만 떠내려가 버렸네.'

개는 뒤늦게 후회했습니다.

🔍 **이야기를 읽고, 다음 질문의 답이 있는 문장을 찾아 밑줄을 그어 보세요.**

❶ 개가 물속의 개를 보고 욕심이 난 이유는 무엇인가요?

❷ 개가 물속의 개를 향해 소리치자 물고 있던 고깃덩어리는 어떻게 되었나요?

❸ 개는 무슨 생각을 하며 후회했나요?

생각! 꼬리 물기

✎ 다음 친구들의 생각을 살펴보고, 자신의 생각을 정리해 동그라미 쳐 보세요.

욕심은 무언가를 탐내는 마음을 말해. 자기가 가진 것에 만족하지 않고 욕심내는 것은 나빠. 노력 없이 공짜로 얻으려고 하거나, 다른 사람이 노력해서 얻은 것을 빼앗는 욕심을 부리면 안 돼.

욕심은 무엇을 바라는 마음을 말해. 무언가를 하고 싶고, 갖고 싶은 마음이 욕심이야. 그러므로 욕심을 내는 것은 필요해. 열심히 하고 싶은 욕심, 갖고 싶은 것을 위해 노력하는 욕심은 좋아.

욕심을 내는 것은 정말 나쁘기만 할까요

욕심은 부려서는 안 된다
욕심은 필요하다

남의 것을 욕심내어 가지게 된다면 더욱더 남의 것을 욕심내게 될 거야. 쉽게 얻은 것은 쉽게 잃기 마련이니 결국 욕심으로 빼앗은 것도 쉽게 사라지지. 그러므로 욕심을 내서는 안 돼.

욕심이 없으면 아무것도 하고 싶지 않을 거야. 좋은 욕심은 숨어 있는 능력을 끄집어내고 창의성을 만들어 가는 에너지가 되기도 해. 그러므로 욕심은 필요해.

글쓰기!
꼬리 잡기

✏️ **다음 질문을 읽고, 자신의 생각과 같은 답에 동그라미 치며 문장으로 써 보세요.**

1 개는 왜 고깃덩어리를 먹지 못했나요?

개는 ＿＿＿＿＿＿＿＿＿＿＿＿＿＿＿＿＿＿＿＿＿＿＿＿＿＿＿ 다.

2 욕심을 내는 것은 정말 나쁘기만 할까요?

나는 **욕심은 부려서는 안 된다 / 욕심은 필요하다** 고 생각한다. 왜냐하면

＿＿＿＿＿＿＿＿＿＿＿＿＿＿＿＿＿＿＿＿＿＿＿＿＿＿＿＿＿＿

＿＿＿＿＿＿＿＿＿＿＿＿＿＿＿＿＿＿＿＿＿ 때문이다.

3 만약 자신이 개라면 물속에서 고기를 물고 있는 또 다른 개를 보았을 때 어떻게 했을까요?

만약 내가 개라면 ＿＿＿＿＿＿＿＿＿＿＿＿＿＿＿＿＿＿＿＿

＿＿＿＿＿＿＿＿＿＿＿＿＿＿＿＿＿＿＿＿＿＿＿＿＿ 다.

📖 **위에 쓴 답을 옮겨 쓰며 한 편의 글을 완성해 보세요.**

거북은 정말 어리석을까요

어느 바닷가에 거북 한 마리가 살았어요. 거북은 푸른 하늘을 올려다보며 한숨을 지었습니다. 자유롭게 훨훨 나는 독수리가 무척 부러웠거든요.

'아, 나도 독수리처럼 저 멀리 여행하면 얼마나 좋을까. 느릿느릿하게 걷고 아무 데도 못 가니 정말 답답해.'

며칠 동안 우울해하던 거북은 독수리를 찾아가기로 했어요. 산꼭대기에 사는 독수리를 만나려고 거북은 새벽부터 길을 나섰지요.

마침내 독수리를 만난 거북은 간절하게 말했어요.

"독수리야, 나를 저 높은 곳까지 데리고 날아올라 줄 수 있겠니?"

"나는 아무나 데리고 날지 않아. 게다가 하늘 높이 나는 것은 위험해."

독수리가 정중히 거절했지만 거북은 포기하지 않았어요.

"제발 부탁이야. 나는 꼭 저 높은 하늘로 날아오르고 싶어. 너라면 내 소원을 들어줄 수 있잖아."

독수리는 마지못해 거북의 소원을 들어주기로 약속했어요. 독수리는 거북 등을 꽉 움켜잡고 하늘 높이 날아올랐습니다. 거북은 세상을 다 가진 것처럼 기뻤어요. 너무 기쁜 나머지 거북은 혼자 날 수 있을 것만 같았어요.

"독수리야, 나를 놓아줘. 이제 나 혼자 날

아 볼게."

거북이 독수리에게 말했어요.

"안 돼! 너는 날개가 없어서 혼자 날 수 없어."

독수리는 단호하게 말했지요.

"정말 나 혼자 날 수 있어! 나를 그만 놓아줘."

거북이 자꾸 졸라대자 독수리도 더는 막을 수가 없었어요.

"그래, 알았어. 네 말대로 너를 놓아줄게. 조심해."

독수리는 하나, 둘, 셋 하고 거북이를 놓아 버렸어요.

"어? 어, 어……."

거북은 쏜살처럼 땅에 떨어져 죽고 말았답니다.

질문!
꼬리 달기

🔍 **이야기를 읽고, 다음 질문의 답이 있는 문장을 찾아 밑줄을 그어 보세요.**

❶ 거북은 하늘을 올려다보며 왜 한숨을 지었나요?

❷ 독수리가 거북 등을 꽉 움켜잡고 하늘 높이 날자 거북의 기분은 어떠했나요?

❸ 독수리가 거북을 놓아 버리자 거북은 어떻게 되었나요?

생각! 꼬리 물기

✏️ **다음 친구들의 생각을 살펴보고, 자신의 생각을 정리해 동그라미 쳐 보세요.**

거북은 하늘을 날아 멀리 여행하고 싶어 했어. 독수리에게 부탁해서 하늘을 날게 되었지만, 거북은 어리석은 행동으로 땅에 떨어져 죽고 말았지. 욕심을 부리면 안 좋은 결과를 낳을 수 있어.

거북은 혼자 날 수 있다고 고집을 피우다가 끝내 땅으로 떨어져 죽고 말았어. 하지만 거북은 불가능하다고 생각한 소원을 마침내 이루었어. 따라서 거북은 어리석지 않아.

거북은 정말 어리석을까요

어리석다   어리석지 않다

거북은 혼자 날 수 있다는 터무니없는 생각으로 독수리에게 자신을 놓아 달라고 졸랐어. 하늘을 날게 된 것을 독수리 덕분이라고 생각하지 못한 거북은 정말 어리석어.

거북은 자신만의 멋진 꿈을 가졌어. 그리고 독수리에게 자신을 날 수 있도록 도와 달라고 부탁하는 용기도 가졌지. 호기심 많고, 용감한 거북은 하늘을 나는 꿈을 이뤘기 때문에 어리석지 않아.

✏️ **다음 질문을 읽고, 자신의 생각과 같은 답에 동그라미 치며 문장으로 써 보세요.**

1 거북은 독수리에게 무슨 부탁을 했고, 결국 어떻게 되었나요?

거북은   다.

----

2 혼자 하늘을 날고 싶어 했던 거북은 정말 어리석을까요?

나는 혼자 하늘을 날고 싶어 했던 거북이 **어리석다 / 어리석지 않다** 고 생각한다. 왜냐하면

때문이다.

----

3 만약 자신이 거북이라면 하늘을 날고 싶을 때 어떻게 했을까요?

만약 내가 거북이라면

다.

 위에 쓴 답을 옮겨 쓰며 한 편의 글을 완성해 보세요.

누가 더 배려하는 마음이 클까요

빠르게 달리는 토끼와 느릿하게 걷는 거북은 친구였어요. 어느 날, 토끼가 거북에게 물었지요.

"그렇게 느리게 다니면 불편하지 않니?"

"불편한 것은 없어. 느려도 가고 싶은 곳은 다 갈 수 있거든."

거북은 느릿하게 대답했어요. 토끼가 다시 물었어요.

"그래도 빨리 가는 게 좋지 않아? 엉금엉금 기어서 어디를 간다는 거야."

"토끼야, 우리 달리기 경주 한번 해 볼까?"

거북은 토끼에게 제안했어요. 토끼와 거북은 저 멀리 보이는 나무까지 누가 먼저 도착하나 내기를 걸었지요. 출발 소리와 함께 토끼가 먼저 깡충깡충 뛰어갔어요. 한참을 뛰어가던 토끼는 숨을 돌릴 겸 멈춰 서서 뒤를 돌아보았습니다. 예상대로 거북은 보이지 않았어요.

토끼는 잠시 쉬었다 가기로 했어요. 마침 옆에는 나무 그늘이 드리워 있었지요. 산들바람까지 때맞춰 불어와 땀까지 식혀 주니 잠이 솔솔 왔어요. 토끼는 나무 그늘에 누웠다가 그만 잠이 들어 버렸습니다.

한편 거북은 앞만 바라보며 쉬지 않고 걸었어요. 이미 결승점에는 토끼가 도착했을 것이라고 짐작했지만, 거북은 멈추지 않고 걸었어요. 그러다 문득 고개를 들어 보니 거북은 어느새 결승점인 나무 아래에 도착했지 뭐예요. 그런데 벌써 와 있을 줄 알았던 토끼가 보이지 않았습니다.

그때 나무 그늘에서 잠이 든 토끼가 깨어났어요. 저 멀리 나무를 바라보니 거북이 보였지요. 토끼는 그제야 헐레벌떡 뛰어갔어요. 숨을 헐떡이며 결승점에 다다르자 먼저 온 거북이 웃으며 손을 흔들었어요. 그 모습을 본 토끼가 거북에게 말했어요.

"내가 졌어."

질문!
꼬리 달기

🔍 **이야기를 읽고, 다음 질문의 답이 있는 문장을 찾아 밑줄을 그어 보세요.**

❶ 토끼와 거북은 무슨 내기를 걸었나요?

❷ 한참을 뛰어가던 토끼는 거북이 보이지 않자 나무 그늘에서 무엇을 했나요?

❸ 결승점인 나무에는 누가 먼저 도착했나요?

✏️ 다음 친구들의 생각을 살펴보고, 자신의 생각을 정리해 동그라미 쳐 보세요.

토끼는 자기가 거북보다 빠르다는 것을 이미 알고 있어. 토끼가 달리기 경주에서 이기려고 했다면 당연히 쉽게 이길 수 있었을 거야. 하지만 토끼는 일부러 낮잠을 자서 거북이 이기도록 배려한 거야.

거북은 바다에서는 토끼보다 훨씬 빨라. 거북은 자기가 질 것을 뻔히 알면서도 토끼에게 이길 기회를 주기 위해 육지에서 달리기 경주를 한 거야. 그런데 토끼는 낮잠을 잤고 거북의 배려를 쓸모없게 만들어 버렸어.

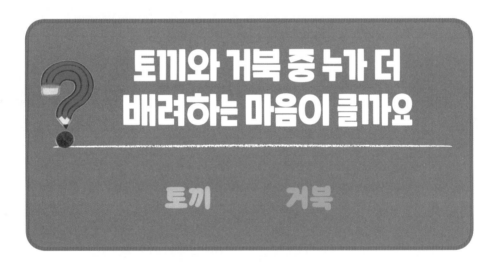

토끼와 거북 중 누가 더 배려하는 마음이 클까요

토끼   거북

만약 거북이 토끼보다 배려심이 많다면 잠자는 토끼를 깨워야 하는 게 아닐까? 하지만 거북은 묵묵히 자기가 가야 할 길만 갔을 뿐이야. 그러니까 거북이 토끼를 배려하는 마음이 더 부족해.

토끼는 자신의 능력을 뽐내며 자만했어. 게다가 낮잠을 자는 바람에 달리기 경주에서 졌지. 반면 거북은 성실하게 했어. 친구를 배려했다면 토끼도 성실히 달리기 경주를 했어야 해.

✏️ **다음 질문을 읽고, 자신의 생각과 같은 답에 동그라미 치며 문장으로 써 보세요.**

① 토끼와 거북은 무슨 내기를 했으며, 그 결과는 어떠했나요?

토끼와 거북은   다.

---

② 토끼와 거북 중 누가 더 배려하는 마음이 클까요?

나는   **토끼 / 거북**   가/이 배려하는 마음이 더 크다고 생각한다. 왜냐하면

                                                 때문이다.

---

③ 만약 자신이 토끼 또는 거북이라면 어떻게 했을까요?

만약 내가   **토끼 / 거북**   (이)라면

                                                 다.

 위에 쓴 답을 옮겨 쓰며 한 편의 글을 완성해 보세요.

구두쇠 영감은
부자로 살 수 있을까요

어느 마을에 지독한 구두쇠 영감이 살았어요. 그는 어느 누구에게도 자기 재산을 나눠 주고 싶지 않았어요. 구두쇠 영감은 모아 둔 재산을 어떻게 할까 궁리하다가 모두 금덩어리로 바꾸었어요. 그리고 금덩어리를 집에 놓아두면 남들이 훔쳐 갈까 봐 아무도 모르게 뒷산에 구덩이를 파고 묻었지요. 그 후 구두쇠 영감은 날마다 뒷산에 올라 땅을 파헤친 다음, 흡족한 얼굴로 금덩어리를 내려다보았어요. 금덩어리를 들여다보는 것은 구두쇠 영감에게 가장 큰 즐거움이었지요.

그러던 어느 날, 하인은 구두쇠 영감이 이상하다고 생각했어요.

'요즘 주인님이 왜 날마다 뒷산에 가지? 나무를 하러 가는 것도 아닌데 말이야.'

하인은 구두쇠 영감의 뒤를 몰래 따라가 보기로 했어요. 구두쇠 영감은 뒷산 깊숙이 들어가 주위를 살피고는 쪼그려 앉아 땅을 파헤치기 시작했어요. 그러더니 혼자 중얼거리며 히죽히죽 웃는 게 아니겠어요? 얼마 뒤, 구두쇠 영감은 파낸 흙을 다시 덮고 뒷산에서 내려갔어요. 하인은 구두쇠 영감이 보이지 않자 부리나케 땅을 파헤쳤어요.

"아니, 이건 금덩어리잖아!"

하인은 커다란 자루에 금덩어리를 담아 멀리멀리 도망쳤습니다.

다음 날, 구두쇠 영감은 콧노래를 부르며 뒷산에 올라 땅을 파헤쳤어요.

"앗, 이럴 수가! 금덩어리가 없어지다니."

구두쇠 영감은 깜짝 놀라 그 자리에 풀썩 주저앉고 말았어요.

"누가 내 금덩어리를 가져간 거야!"

구두쇠 영감은 땅을 치면서 울부짖었어요. 그때 지나가던 노인이 구두쇠 영감을 보고 물었지요.

"왜 그렇게 서럽게 우는 거요?"

"모아 둔 재산 전부를 금덩어리로 바꿔 땅에 묻어 놓았는데, 감쪽같이 사라졌소."

구두쇠 영감이 울면서 대답하자 노인이 말했어요.

"이제 그만 울고, 금덩어리와 크기가 비슷한 돌을 골라 오시오. 그리고 그 돌을 땅에 파묻고 금덩어리처럼 생각하면 되겠구려. 당신이 잃어버린 그 금덩어리는 원래 땅에 묻어 두고 아무 데에도 쓸 생각이 없었잖소. 그러니 돌을 금이라고 생각하면 당신에게 큰 위로가 될 거 아니겠소."

질문! 꼬리 달기

🔍 **이야기를 읽고, 다음 질문의 답이 있는 문장을 찾아 밑줄을 그어 보세요.**

❶ 구두쇠 영감은 왜 아무도 모르게 뒷산에 금덩어리를 묻었나요?

❷ 구두쇠 영감이 서럽게 운 이유는 무엇인가요?

❸ 지나가던 노인은 구두쇠 영감에게 왜 돌을 금덩어리처럼 생각하라고 했나요?

생각!
꼬리 물기

다음 친구들의 생각을 살펴보고, 자신의 생각을 정리해 동그라미 쳐 보세요.

구두쇠 영감은 자기 재산을 누구에게도 나눠 주고 싶지 않을 정도로 지독해. 게다가 금덩어리를 한곳에 묻어 몽땅 도둑맞을 정도로 어리석지. 또 하인까지 구두쇠 영감을 배신했으니 더욱더 구두쇠로 살 거야.

원래 구두쇠 영감은 자기 것을 아껴 쓰며 돈을 모은 사람이야. 돈을 아끼는 것은 잘못이 아니잖아. 자기 돈을 다른 사람과 나누거나 어떻게 쓸지는 자기 마음이지. 구두쇠 영감은 앞으로도 부지런히 돈을 모아 부자로 살 거야.

구두쇠 영감은
부자로 살 수 있을까요

지독한 구두쇠로 살 것이다
슬기로운 부자로 살 것이다

부자가 되려면 돈을 모으는 것도 중요하지만 돈을 올바르게 사용하는 방법도 알아야 해. 그런데 구두쇠 영감은 돈 쓰는 법을 제대로 몰랐기 때문에 금덩어리를 잃어버리게 된 거잖아. 구두쇠 영감은 앞으로도 지독한 구두쇠로 살 거야.

구두쇠 영감은 땅에 묻어 둔 금덩어리는 돌같이 쓸모가 없다는 것을 배웠어. 또 금덩어리를 도둑맞고 재산을 여러 곳에 나누어 보관해야 한다는 것도 알게 됐어. 구두쇠 영감은 재산을 잘 관리하는 슬기로운 부자로 살 거야.

글쓰기! 꼬리 잡기

✏️ **다음 질문을 읽고, 자신의 생각과 같은 답에 동그라미 치며 문장으로 써 보세요.**

1 구두쇠 영감이 금덩어리를 잃어버린 이유는 무엇인가요?

구두쇠 영감은   다.

2 구두쇠 영감은 앞으로 부자로 살 수 있을까요?

구두쇠 영감은 앞으로   **지독한 구두쇠 / 슬기로운 부자**   로 살 것이다. 왜냐하면

때문이다.

3 만약 자신이 구두쇠 영감이라면 어떻게 했을까요?

만약 내가 구두쇠 영감이라면

다.

📖 **위에 쓴 답을 옮겨 쓰며 한 편의 글을 완성해 보세요.**

4

진실

거짓에 숨긴
진짜 마음은 무엇일까요?

차근차근 계획을 세워 글을 써 봐요!

이야기 16

여우와 신 포도

여우의 행동은 지혜로운가요

어느 날, 무척 배고픈 여우 한 마리가 먹이를 찾아 숲길을 걸었어요. 그때 달콤한 냄새가 바람에 실려 왔습니다.

"무슨 냄새지?"

여우는 걸음을 멈추고 주위를 두리번거렸어요. 여우는 포도송이가 주렁주렁 달린 포도나무를 보고 군침을 삼켰어요.

"맛있게 잘 익은 포도로구나."

여우는 높이 매달린 포도를 따려고 힘껏 뛰어올랐습니다.

"껑충, 껑충."

하지만 여우는 포도송이 근처에도 닿지 못했지요. 배고픈 여우는 한참을 뛰어오른 탓에 기운이 빠지고 배도 더 고파졌습니다. 여우는 가쁜 숨을 몰아쉬면서 말했어요.

"에이, 이 포도는 아직 덜 익었네. 덜 익은 포도는 너무
시어서 먹을 수 없을 거야."
여우는 쩝쩝 입맛을 다시며 한참 동안 포도를
바라보다가 가던 길을 걸어갔답니다.

질문!
꼬리 달기

🔍 **이야기를 읽고, 다음 질문의 답이 있는 문장을 찾아 밑줄을 그어 보세요.**

❶ 달콤한 냄새를 맡고 주위를 두리번거리던 여우는 무엇을 보았나요?

❷ 여우는 높이 매달린 포도를 따려고 어떻게 행동했나요? 그 결과는 어떠했나요?

❸ 여우는 자신이 포도를 먹지 않은 이유를 뭐라고 말했나요?

생각! 꼬리 물기

✏️ **다음 친구들의 생각을 살펴보고, 자신의 생각을 정리해 동그라미 쳐 보세요.**

여우는 배가 고픈데도 포도를 먹을 수 있는 다른 방법은 생각해 보지 않고, 쉽게 포기했어. 또 주변에 있는 다른 동물에게 도움을 받을 수도 있었을 텐데 말이야. 여우의 행동은 어리석어.

여우는 포도가 너무 높은 곳에 있어서 자기가 먹을 수 없다는 것을 빨리 깨닫고 포기했어. 자기 힘으로 안 되는 것이라면 빨리 포기하는 것도 용기 있는 행동이니까 여우는 지혜롭지.

여우의 행동은 지혜로운가요

어리석다   지혜롭다

달콤한 냄새가 났으니 포도는 잘 익었을 거야. 그런데 여우가 끝까지 노력하지 않고 덜 익은 포도는 시다며 포도를 못 먹는 이유를 포도 탓으로 돌린 것은 정말 어리석은 행동이지.

힘껏 뛰어올라도 딸 수 없는 포도를 따려고 애쓸 시간에 여우는 다른 먹이를 구하러 가거나 다른 방법을 찾을 수도 있잖아. 그러니까 여우의 행동은 지혜롭다고 생각해.

✏️ **다음 질문을 읽고, 자신의 생각과 같은 답에 동그라미 치며 문장으로 써 보세요.**

1 여우는 무척 배가 고팠는데 왜 포도를 먹지 않았나요?

여우는 _____ 다.

2 여우의 행동은 지혜로운가요?

나는 여우의 행동이   **어리석다 / 지혜롭다**   고 생각한다. 왜냐하면

_____

_____ 때문이다.

3 만약 자신이 여우라면 어떻게 행동했을까요?

만약 내가 여우라면 _____

_____ 다.

📖 **위에 쓴 답을 옮겨 쓰며 한 편의 글을 완성해 보세요.**

누가 더 잘못했을까요

　햇볕이 따스한 어느 날, 양치기 소년은 마을에서 조금 떨어진 언덕에서 양을 돌보았어요. 양치기 소년은 양들이 한가롭게 풀을 뜯는 모습을 한참 동안 바라보았어요. 양치기 소년은 재미있는 일이 없을까 두리번거리다가 저 멀리 들판에서 일하는 마을 사람들을 보았어요. 그리고 무릎을 '탁' 쳤지요. 양치기 소년은 마을 사람들을 향해 큰 소리로 외쳤어요.

　"늑대가 나타났어요!"

　마을 사람들은 농기구를 든 채 허겁지겁 언덕으로 뛰어 올라왔어요. 하지만 늑대는 보이지 않았지요.

　"늑대는 어디 있니?"

　양치기 소년은 배를 움켜잡고 깔깔대며 마을 사람들에게 대답했어요.

　"심심해서 장난친 거예요."

　양치기 소년에게 속은 것을 알고 마을 사람들은 화를 내며 돌아갔어요.

며칠 뒤, 양치기 소년은 심심해지자 지난번에 허둥지둥 뛰어오던 마을 사람들이 떠올랐어요. 양치기 소년은 또 마을 사람들을 향해 소리쳤지요.

"늑대가 나타났다! 늑대가 나타났어요!"

마을 사람들은 하던 일을 멈추고 또다시 언덕 위로 뛰어 올라왔어요. 이번에도 늑대는 없었지요. 마을 사람들은 양치기 소년에게 두 번이나 속은 것을 알고 더 크게 화를 내며 돌아갔어요.

다음 날, 양들이 노니는 언덕에 진짜 늑대가 나타났어요. 양치기 소년은 깜짝 놀라 크게 소리치며 마을 사람들을 애타게 찾았지요.

"늑대다! 늑대가 나타났어요! 이번엔 진짜 늑대예요!"

그러나 마을 사람들은 양치기 소년이 이번에도 거짓말을 한다고 생각해 아무도 달려가지 않았어요. 결국 양들은 늑대에게 물려 모두 죽고 말았습니다.

질문!
꼬리 달기

🔍 **이야기를 읽고, 다음 질문의 답이 있는 문장을 찾아 밑줄을 그어 보세요.**

❶ 양치기 소년이 심심해서 마을 사람들에게 처음 한 거짓말은 무엇인가요?

❷ 양치기 소년에게 두 번이나 속은 마을 사람들은 어떻게 했나요?

❸ 진짜 늑대가 나타났을 때 마을 사람들은 왜 언덕으로 달려가지 않았나요?

생각! 꼬리 물기

✏️ 다음 친구들의 생각을 살펴보고, 자신의 생각을 정리해 동그라미 쳐 보세요.

양치기 소년이 심심하다는 이유로 늑대가 나타났다는 거짓말을 두 번이나 한 것은 잘못이야. 양치기 소년이 한 거짓말 때문에 마을 사람들은 진짜 늑대가 나타났을 때 아무도 양치기 소년 말을 믿지 않았고, 결국 양을 모두 잃었지.

마을 사람들이 양치기 소년이 처음 거짓말을 했을 때, 늑대가 나타나면 위험하다는 사실을 제대로 설명해 줬다면 어땠을까? 마을 사람들은 양치기 소년에게 거짓말로 장난을 치면 안 된다고 충분히 알렸어야 해.

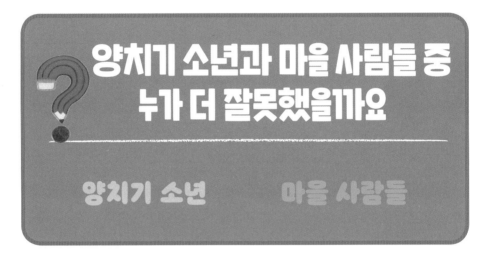

양치기 소년과 마을 사람들 중 누가 더 잘못했을까요

양치기 소년   마을 사람들

진짜 늑대가 나타났을 때 양치기 소년이 양들을 지키는 방법을 미리 알고 있었다면 양들을 지킬 수 있었을 거야. 하지만 양치기 소년은 거짓말로 장난을 친 데다 양들을 지키는 방법도 몰라, 결국 마을 사람들에게 피해를 주었어.

마을 사람들은 양치기 소년이 세 번째 거짓말을 했을 때에도 속는 셈 치고 언덕에 올라가 양들을 살폈어야 해. 왜냐하면 양을 모두 잃는 것보다 양치기 소년에게 한 번 더 속는 것이 낫기 때문이야.

✏️ **다음 질문을 읽고, 자신의 생각과 같은 답에 동그라미 치며 문장으로 써 보세요.**

1 양들은 왜 모두 늑대에게 물려 죽었나요?

양치기 소년이 _____ 다.

---

2 양치기 소년과 마을 사람들 중 누가 더 잘못했을까요?

나는 양치기 소년과 마을 사람들 중 **양치기 소년 / 마을 사람들** 이 더 잘못했다고 생각한다.

왜냐하면 _____

_____ 때문이다.

---

3 만약 자신이 양치기 소년 또는 마을 사람들이라면 어떻게 했을까요?

만약 내가 **양치기 소년 / 마을 사람들** 이라면 _____

_____ 다.

 위에 쓴 답을 옮겨 쓰며 한 편의 글을 완성해 보세요.

당나귀는 숲속에서
쫓겨나야 할까요

어느 날, 당나귀가 숲길을 걸을 때였어요. 갑자기 다람쥐가 풀숲에서 후다닥 뛰쳐나왔지요. 당나귀는 깜짝 놀라서 소리쳤어요.

"으악! 뭐, 뭐야?"

"그렇게 겁이 많아서 어떡해요. 덩칫값도 못 하고 창피하지도 않아요?"

다람쥐는 당나귀에게 핀잔을 놓았어요. 평소에도 겁이 많아 다른 동물들에게 구박을 받던 당나귀는 결국 숲속에서 쫓겨났지요.

힘 빠진 당나귀는 터벅터벅 길을 걷다가 바위 뒤에서 사자 털가죽을 발견했어요. 당나귀는 사자 털가죽을 머리부터 발끝까지 뒤집어썼어요. 그리고 근처 연못으로 달려가 자기 모습을 비추어 보았어요. 연못에는 사자 한 마리가 위풍당당하게 서 있었지요.

"나는 지금부터 사자다. 숲속에 돌아가서 나를 겁쟁이라며 놀리고 구박한 녀석들을 혼내 줘야지. 히힝."

당나귀는 사자처럼 성큼성큼 걸어 숲속으로 들어갔어요.

"앗! 사자 대왕님이다. 잡히기 전에 도망쳐야지. 꿀꿀."

멧돼지가 깜짝 놀라 후다닥 달아났습니다.

"지난번에 날 그렇게 놀리더니, 꼴 좋다."

때마침 자기를 놀린 다람쥐도 마주쳤어요.

"앗! 사자 대왕님. 사, 살려 주세요. 제발 살려 주세요, 네?"

당나귀는 벌벌 떠는 다람쥐를 보니 통쾌했어요.

'정말 신난다, 히힝. 좀 더 겁을 줘 볼까?'

잠시 숨을 고른 뒤, 당나귀는 사자처럼 큰 소리로 울부짖었어요.

"크으흥, 크으흥."

그러나 숲속에 울려 퍼진 소리는 이랬지요.

"히이힝! 히이힝!"

사자의 울음소리가 이상한 것을 알아챈 여우는 숲속 동물들에게 외쳤어요.

"여러분, 이 사자는 가짜입니다. '히이힝' 우는 당나귀가 사자 털가죽을 쓴 것이라고요."

"뭐라고?"

숲속 동물들이 하나둘, 사자 털가죽을 쓴 당나귀 주위에 몰려들었어요. 화가 난 숲속 동물들은 당나귀를 두들겨 패고 숲속에서 다시 내쫓았답니다.

**질문!
꼬리 달기**

🔍 **이야기를 읽고, 다음 질문의 답이 있는 문장을 찾아 밑줄을 그어 보세요.**

① 풀숲에서 뛰쳐나온 다람쥐는 당나귀에게 무슨 핀잔을 놓았나요?

② 당나귀는 바위 뒤에서 발견한 것으로 무엇을 했나요?

③ 사자의 울음소리가 이상한 것을 알아챈 여우는 숲속 동물들에게 뭐라고 외쳤나요?

생각! 꼬리 물기

✏️ 다음 친구들의 생각을 살펴보고, 자신의 생각을 정리해 동그라미 쳐 보세요.

당나귀는 겁이 많았지만 사자 털가죽을 썼을 때만큼은 용기를 내었어. 당나귀가 한번 더 용기를 내어 숲속 동물들에게 겁이 많다고 솔직하게 말하고 도움을 구했으면 쫓겨나지 않았을 거야. 당나귀는 쫓겨나도 어쩔 수 없어.

겁이 많고 적은 것은 자기 마음대로 할 수 있는게 아니야. 그런데 숲속 동물들이 큰 잘못을 저지르지 않은 당나귀를 겁이 많다는 이유로 놀리고 숲속에서 쫓아낸 것은 정말 잘못했어. 당나귀는 숲속에서 쫓겨날 필요가 없어.

당나귀는 숲속에서 쫓겨나야 할까요

쫓겨나야 한다   쫓겨날 필요가 없다

아무것도 해 보지 않은 채 겁만 내고 있으면, 누구라도 당나귀에게 도움을 주지 않을 거야. 게다가 사자 털가죽을 뒤집어쓰고 엉뚱한 속임수를 쓴 것은 당나귀의 잘못이므로 숲속에서 쫓겨나는 게 당연해.

당나귀는 사자 털가죽을 쓰고 사자 흉내를 내었을 뿐인데, 숲속 동물들에게 두들겨 맞고 쫓겨날 필요는 없어. 겁이 많은 당나귀는 숲속에서 쫓겨나면 갈 곳이 없고, 만약 다른 곳에 가더라도 마음 편히 살 수 없을 거야.

✎ **다음 질문을 읽고, 자신의 생각과 같은 답에 동그라미 치며 문장으로 써 보세요.**

1 당나귀는 왜 다시 숲속에서 쫓겨났나요?

당나귀는   다.

----

2 사자 털가죽을 쓴 당나귀는 숲속에서 쫓겨나야 할까요?

나는 당나귀가 숲속에서   **쫓겨나야 한다 / 쫓겨날 필요가 없다**   고 생각한다. 왜냐하면

때문이다.

----

3 만약 자신이 당나귀 또는 숲속 동물들이라면 어떻게 했을까요?

만약 내가   **당나귀 / 숲속 동물들**   (이)라면

다.

📖 **위에 쓴 답을 옮겨 쓰며 한 편의 글을 완성해 보세요.**

포도밭이 망가진 것은 누구 때문일까요

넓은 포도밭에 포도가 주렁주렁 열렸습니다. 아버지는 포도밭을 가꾸고 울타리를 *손보면서 열심히 일했어요. 그런데 아들은 포도밭을 둘러싼 울타리를 보고 의아해했어요.

'포도는 나무에서 열리는데, 왜 울타리를 손보는 거지?'

아들은 울타리가 있어 포도밭에 바람이 통하지 않는 데다 보기에도 좋지 않기 때문에 울타리는 필요 없다고 생각했어요. 하지만 아버지는 일 년 내내 울타리부터 손보며 포도밭을 가꾸었지요.

이듬해 여름, 아버지는 포도를 거두어들이기 전에 아들을 불렀어요.

"포도밭은 네가 부지런하게 일한 만큼 큰 선물을 줄 거야. 아버지에게 그랬던 것처럼 말이지. 특히 울타리를 항상 잘 돌봐야 한단다. 앞으로 어떤 일이 생길지 모르니 말해 두는 게다."

하지만 아들은 아버지 말을 대충 흘려들었어요. 그 후 아버지가 시름시름 앓더니 며칠 지나지 않아 세상을 뜨고 말았지요. 슬픔에 잠긴 아들은 언덕으로 올라가 넓은 포도밭을 바라보았어요. 잘 익은 포도 향이 코끝을 간질였지요. 그런데 울타리가 영 눈에 거슬렸습니다. 아들은 포도밭으로 달려가 울타리를 없애 버렸지요.

"와, 시원해. 보기에도 좋고, 바람도 잘 통하고 말이야!"

아들은 뿌듯해했어요. 그런데 밤이 되자 동네 아이들이 몰래 포도밭에 와서 포도를 실컷 따 갔어요. 동물들도 포도밭에 들어와 포도나무를 할퀴고 가지를 부러트렸지요. 길 가던 나그네도 울타리 없는 포도밭을 보고는 포도를 따 먹었습니다. 포도밭에는 마구 포도를 따 먹는 사람들과 동물들이 많아졌어요. 제대로 된 포도송이를 볼 수도 없었지요.

며칠 뒤, 아들은 포도밭에 나왔다가 엉망이 된 포도나무를 보고 깜짝 놀랐어요.

"아버지가 울타리부터 열심히 손을 본 이유가 여기에 있었구나. 나는 그것도 모르고…… 흑흑."

아들은 땅에 주저앉아 뒤늦게 눈물을 흘렸어요.

'아버지, 이제야 알았습니다. 아버지가 울타리를 만들고 해마다 손본 이유를요. 튼튼한 울타리가 포도밭을 지킨다는 것을요.'

※**손보다**: 잘 매만지고 보살피다.

질문!
꼬리 달기

🔍 **이야기를 읽고, 다음 질문의 답이 있는 문장을 찾아 밑줄을 그어 보세요.**

❶ 아들은 포도밭 울타리가 왜 필요 없다고 생각했나요?

❷ 아들이 포도밭 울타리를 없애 버리자 어떤 일이 일어났나요?

❸ 포도밭에 나왔다가 엉망이 된 포도나무를 보고 아들은 무엇을 깨달았나요?

생각! 꼬리 물기

✏️ **다음 친구들의 생각을 살펴보고, 자신의 생각을 정리해 동그라미 쳐 보세요.**

망가진 포도밭을 원래대로 되돌리려면 시간이 오래 걸리고, 생각하지 못한 돈이 많이 들어가. 아버지는 열심히 자기 일만 하고 아들에게 포도밭을 가꾸는 방법과 이유에 대해 구체적으로 가르쳐 주지 않았어. 아버지가 결국 포도밭을 망친 셈이지.

아버지는 아들이 스스로 경험하며 포도밭을 관리하는 법을 배우기를 원했어. 그래서 아들에게 부지런히 포도밭을 가꾸는 방법을 지켜보게 했지. 하지만 아들은 아버지의 가르침을 건성으로 듣고 배운 대로 실천하지 않았어. 아들 때문에 포도밭이 망가진 거야.

포도밭이 망가진 것은 누구 때문일까요

아버지　　　아들

아버지가 처음부터 아들에게 울타리의 중요성을 제대로 설명했다면 아들이 울타리를 없애지 않았을 것이고, 포도밭도 엉망이 되지 않았을 테지. 따라서 포도밭이 망가진 것은 아버지의 잘못이야.

아들은 비록 포도밭을 망가뜨렸지만 아버지가 돌아가신 뒤 1년도 안 되어서 울타리가 중요하다는 사실을 깨달았잖아. 앞으로 현명한 농사꾼이 되어서 포도밭을 잘 가꾸고 풍성한 수확을 올릴 거야.

✎ **다음 질문을 읽고, 자신의 생각과 같은 답에 동그라미 치며 문장으로 써 보세요.**

1 아버지는 포도밭의 울타리가 중요하다는 것을 어떻게 알려 주었나요?

아버지는   다.

2 포도밭이 망가진 것은 아버지와 아들 중 누구 때문일까요?

나는 포도밭이 망가진 것은   **아버지 / 아들**   때문이라고 생각한다. 왜냐하면

때문이다.

3 만약 자신이 아버지 또는 아들이라면 어떻게 했을까요?

만약 내가   **아버지 / 아들**   (이)라면

다.

📖 **위에 쓴 답을 옮겨 쓰며 한 편의 글을 완성해 보세요.**

사슴은 왜 죽게 되었을까요

옛날, 앞을 잘 못 보는 사슴이 있었어요. 어릴 적에 눈을 다쳐 한쪽 눈이 보이지 않았기 때문이에요. 그래서 먹이를 먹을 때 늘 주변을 경계했어요.

어느 날, 사슴은 풀을 뜯어 먹기 위해 바닷가에 갔습니다.

'보이지 않는 눈을 바다 쪽으로 향하고, 보이는 눈을 숲 쪽으로 향하면 안전하게 풀을 먹을 수 있을 거야. 사냥꾼은 숲 쪽에서 올 테니까.'

사슴은 이렇게 생각하고 고개를 들어 숲 쪽을 살피면서 풀을 질겅질겅 씹었어요. 마침 바다에 배 한 척이 지나갔어요. 그때 배에 탄 선원이 바닷가에서 풀을 뜯고 있는 사슴을 보았어요.

"이보게, 얼른 활을 들고 이리 와 보게."

사슴을 본 선원이 다른 선원을 불렀어요.

"왜 그러는가?"

활을 들고 온 선원이 물었어요.

"저기 사슴 한 마리가 있네. 오늘 저녁은 맛있는 사슴 고기를 먹을 수 있겠군."

활을 건네받은 선원은 사슴에게 활을 겨눈 뒤 힘껏 활시위를 당겼습니다. 사슴은 마음 놓고 풀을 뜯다가 바다 쪽에서 날아온 화살을 맞고 풀썩 쓰러지고 말았어요.

'아, 이럴 수가! 안전하다고 생각한 바다 쪽에서 화살이 날아오다니…….'

결국 사슴은 숨이 멎고 말았습니다.

질문! 꼬리 달기

🔍 **이야기를 읽고, 다음 질문의 답이 있는 문장을 찾아 밑줄을 그어 보세요.**

❶ 사슴은 먹이를 먹을 때 왜 늘 주변을 경계했나요?

❷ 사슴은 바닷가에서 안전하게 풀을 뜯어 먹기 위해 어떻게 했나요?

❸ 사슴은 화살을 맞고 무슨 생각을 했나요?

✏️ **다음 친구들의 생각을 살펴보고, 자신의 생각을 정리해 동그라미 쳐 보세요.**

사슴은 늘 경계하며 준비를 하는 성격이야. 그동안 바다 가까이에 다니는 배가 없었기 때문에 바다 쪽은 안전하다고 생각했을 거야. 그러나 운이 나쁘게도 바다를 지나던 배에 탄 선원이 쏜 화살에 맞아 사슴이 죽었어. 늘 신중하던 사슴이 죽은 것은 운이 나빠서야.

혼자만의 경험과 생각으로는 바다 쪽은 안전하다고 생각할 수밖에 없었겠지. 한쪽 눈을 다친 사슴이 자기 경험만으로 생각한 것은 경솔하고 지혜롭지 못한 거야. 만일을 대비해서 사슴이 바다 쪽도 한 번씩 주의 깊게 살피고 조심하는 지혜도 필요했어.

사슴은 왜 죽게 되었을까요

운이 나빠서　　지혜롭지 못해서

사슴은 지혜롭지 못해. 다른 생각과 경험을 가진 사슴이 함께 있었다면 한 마리는 숲 쪽, 한 마리는 바다 쪽을 살피며 풀을 뜯어 먹을 수 있었을 거야. 친구와 같이 다니는 것이 위험을 줄일 수 있고 지혜를 더 많이 발휘할 수 있어.

✏️ **다음 질문을 읽고, 자신의 생각과 같은 답에 동그라미 치며 문장으로 써 보세요.**

1 사슴이 보이는 눈을 숲 쪽으로 향한 이유는 무엇인가요?

사슴은   다.

2 사슴은 왜 죽게 되었을까요?

나는 사슴이   **운이 나빠서** / **지혜롭지 못해서**   죽게 되었다고 생각한다. 왜냐하면

때문이다.

3 만약 자신이 사슴이라면 어떻게 했을까요?

만약 내가 사슴이라면

다.

 위에 쓴 답을 옮겨 쓰며 한 편의 글을 완성해 보세요.

글쓰기를 마치고 어떤 마음이 드는지 자유롭게 표현해 보세요. 글로 써도 좋고 그림을 그려
도 좋아요.

초등 글쓰기왕

이름:

위 어린이는 바쁘고 힘들어도 날마다
차근차근 이야기를 읽고 계획을 세워
초등 글쓰기를 마무리한 공이 크므로
이를 표창함.

202   년   월   일

SISO 시소스터디

★ 생각이 더 깊어지고, 더 넓어지도록 함께 이야기를 나눠요!

이야기 길잡이
+예시 답안

이야기 01

누가 더 어리석을까요

01 표범과 여우

누가 더 어리석을까요

어느 날, 표범과 여우가 서로 다투었어요. 둘은 자기가 더 아름답다고 우기며 큰 소리를 내면서 씩씩거렸지요.

"여우야, 나 좀 잘 봐 봐. 어디를 봐도 내가 너보다 더 아름답지 않니?"

표범이 말했어요.

"아니야, 내가 더 멋지고 아름답다니까!"

여우도 지지 않고 말했지요. 표범이 여우를 쓱 쳐다보며 말했어요.

❷ "내 등에는 이렇게 아름다운 무늬가 있지만 너는 아무것도 없잖아. 게다가 내 몸매는 날렵해서 다른 동물들이 모두 부러워한다고. 그런데 여우야, 네 몸매를 좀 봐. 내가 봐도 너무 볼품없지 않아?"

여우가 냉큼 대답했어요.

❸ "알록달록한 무늬가 있고, 몸매가 예쁘다고 해서 아름답다고 할 수는 없어. 나는 지혜롭게 판단하고 재빠르게 행동할 수 있는 머리를 가졌어. 이건 몸이 아름다운 것보다 훨씬 더 아름다운 거야!"

표범과 여우는 *옥신각신 다투다가 결국 등을 돌려 가 버렸습니다.

* **옥신각신**: 서로 옳으니 그르니 하며 다투는 모양.

질문! 꼬리 달기

🔍 이야기를 읽고, 다음 질문의 답이 있는 문장을 찾아 밑줄을 그어 보세요.

❶ 표범과 여우는 무엇 때문에 큰 소리를 내면서 씩씩거렸나요?
❷ 표범은 자기의 무엇이 아름답다고 말했나요?
❸ 여우는 자기의 무엇이 아름답다고 말했나요?

표범과 여우 **11**

질문! 꼬리 달기

이야기 내용으로만 보면 별 어려움이 없이 읽을 수 있습니다. 우리 주변에 흔하게 일어날 수 있는 일이기 때문입니다. 은근히 남들보다 더 많이 가진 것을 자랑하고 싶어 하고, 내가 가지지 못한 것을 남들이 가지고 있으면 마음이 불편하기도 합니다. 누구와 비교할 수 없는 나의 존귀함을 찾으면 다른 사람의 존귀함도 찾을 수 있습니다. 〈표범과 여우〉 이야기는 자기의 강점과 다른 사람의 강점을 인정하고 서로 다름을 존중하는 이야기를 품고 있습니다.

질문 더하기 ➕

○ 표범은 왜 아름다운 외모를 자랑하고 싶어 할까?
○ 표범과 여우가 서로 사이좋게 지내려면 어떤 대화를 해야 할까?
○ 여우의 지혜로움과 빠른 실행력은 어떻게 증명할 수 있을까?
○ 표범과 여우의 강점을 찾아보면 무엇이 있을까?

뜻풀이

날렵하다
❶ 재빠르고 날래다.
❷ 매끈하게 맵시가 있다.

볼품없다
겉으로 드러나 보이는 모습이 초라하다.

옥신각신
서로 옳으니 그르니 하며 다투는 모양.

생각! 꼬리 물기

〈표범과 여우〉 이야기는 보통 외모보다 내면의 아름다움을 강조하는 이야기로 끝맺음합니다. 하지만 우리는 표범의 입장이 되어 볼 수도 있고, 여우의 입장이 되어 볼 수도 있습니다. 표범과 여우가 가진 강점을 찾고 어떤 행동을 하는 것이 좋은지 자신에게 적용할 수 있도록 합니다.

표범과 여우 중 누가 더 어리석을까요?

표범

표범은 날씬한 몸매와 무늬의 아름다움을 자랑하기 바빠서 또 다른 강점이 있는 것을 놓치고 있습니다. 또한 볼품없어 보이는 여우를 깎아내리는 데 급급해서 자신의 훌륭함을 더 찾지 못합니다. 어떻게 하면 표범이 눈에 보이지 않는 자신의 강점을 더 잘 알 수 있는지 생각해 봅니다.

여우

여우는 표범이 가진 아름다움을 인정하면서도 진정한 마음으로 칭찬을 하고 있지 않습니다. 오히려 자신이 지혜롭고 재빠르게 행동한다는 것을 강조하면서 표범을 깎아내리고 있습니다. 여우가 진짜 지혜롭다면 어떻게 행동해야 하는지 생각해 봅니다.

글쓰기! 꼬리 잡기 예시 답안

① 표범과 여우는 왜 옥신각신 다투었나요?

> 예시 표범과 여우는 서로 자기가 더 아름답다고 옥신각신 다투었다.

② 표범과 여우 중 누가 더 어리석을까요?

> 예시1 나는 표범과 여우 중 표범이 더 어리석다고 생각한다. 왜냐하면 아름다운 모습만 내세우다가 자기가 가진 또 다른 능력을 발견할 수 없었고, 여우를 무시하며 사이좋게 지내지 못했기 때문이다.

> 예시2 나는 표범과 여우 중 여우가 더 어리석다고 생각한다. 왜냐하면 자신이 지혜롭다고 하면서도 표범의 아름다움을 칭찬할 줄 모르고 표범과 사이좋게 지낼 기회를 놓쳤기 때문이다.

③ 만약 자신이 표범 또는 여우라면 어떻게 했을까요?

> 예시1 만약 내가 표범이라면 진짜 아름다운 몸매를 가지고 있으므로 굳이 남들에게 인정을 받으려고 하지 않을 것이다.

> 예시2 만약 내가 여우라면 멋진 몸매를 지닌 표범을 친구로 만들어서 오히려 자신을 더 돋보이게 할 것 같다.

위에 쓴 답을 옮겨 쓰며 한 편의 글을 완성해 보세요.

> 예시1 표범과 여우는 서로 자기가 더 아름답다고 옥신각신 다투었다. 나는 표범과 여우 중 표범이 더 어리석다고 생각한다. 왜냐하면 아름다운 모습만 내세우다가 자기가 가진 또 다른 능력을 발견할 수 없었고, 여우를 무시하며 사이좋게 지내지 못했기 때문이다. 만약 내가 표범이라면 진짜 아름다운 몸매를 가지고 있기 때문에 굳이 남들에게 인정을 받으려고 하지 않을 것이다.

> 예시2 표범과 여우는 서로 자기가 더 아름답다고 옥신각신 다투었다. 나는 표범과 여우 중 여우가 더 어리석다고 생각한다. 왜냐하면 자신이 지혜롭다고 하면서도 표범의 아름다움을 칭찬할 줄 모르고 표범과 사이좋게 지낼 기회를 놓쳤기 때문이다. 만약 내가 여우라면 멋진 몸매를 지닌 표범을 친구로 만들어서 오히려 자신을 더 돋보이게 할 것 같다.

어떤 것이 더 중요할까요

수사슴의 다리와 뿔

어떤 것이 더 중요할까요

수사슴 한 마리가 연못에서 물을 마셨어요.

"아, 시원하다."

목을 축인 수사슴은 연못에 자기 모습을 비추어 보았어요. 뿔을 높이 치켜들어 앞모습은 물론, 옆모습까지 구석구석 살펴보았지요. 수사슴은 또다시 연못에 앞모습을 비추어 보다가 우쭐대며 중얼거렸습니다.

❶ "내 뿔은 언제 보아도 아름답군! 음, 역시 멋져."

수사슴은 뿔을 바라보며 흐뭇해했어요. 그러다 연못에 비친 다리를 보고 한숨을 길게 내쉬었지요.

❷ '내 다리는 왜 이렇게 가늘고 볼품이 없을까……."

그때 저 멀리서 수상한 소리가 들려왔어요. 수사슴은 귀를 쫑긋 세워 소리 나는 쪽을 살폈어요. 그리고 코를 벌렁대며 킁킁 냄새도 맡았어요.

"앗! 사냥개다. 큰일 났네. 얼른 도망치자."

수사슴은 가늘고 볼품없는 다리로 달리고 달렸어요. 사냥개와 사냥꾼이 따라올 수 없을 만큼 먼 곳으로 몸을 피했지요. 수사슴은 한숨을 돌리며 뒤를 돌아보았어요. 그런데 나뭇가지에 그만 뿔이 걸리고 말았어요.

"이럴 수가! 아름답다고 자랑하던 뿔이 나뭇가지에 걸리다니."

수사슴은 한참이나 안간힘을 썼지만 꼼짝달싹할 수가 없었습니다. 이윽고 수사슴을 발견한 사냥개들은 큰 소리로 짖어댔어요.

"컹컹! 컹컹컹!"

"음, 딱 걸렸군."

뒤따라온 사냥꾼이 수사슴에게 활을 겨누었어요. 사냥꾼을 바라보며 수사슴은 눈물을 흘렸지요.

❸ '내가 못마땅해한 다리는 나를 살려 주었는데, 내가 자랑스러워한 뿔은 나를 죽이는구나!'

수사슴은 뒤늦게 후회했지만, 사냥꾼이 쏜 화살에 맞아 목숨을 잃고 말았어요.

질문! 꼬리 달기

🔍 이야기를 읽고, 다음 질문의 답이 있는 문장을 찾아 밑줄을 그어 보세요.

❶ 수사슴은 연못에 비친 자신의 뿔을 보며 뭐라고 중얼거렸나요?
❷ 수사슴은 자기 다리를 보고 왜 한숨을 길게 내쉬었나요?
❸ 활을 겨누는 사냥꾼을 바라보며 수사슴은 뒤늦게 무슨 후회를 했나요?

수사슴의 다리와 뿔 **15**

질문! 꼬리 달기

책을 읽을 때, 이야기 내용을 이해하는 것은 중요한 과정이지요. 3개 질문의 답이 되는 문장은 이야기의 이해를 도와줍니다. 이야기의 사슴처럼 자신의 모습을 찬찬히 살펴보면 마음에 드는 것도 있고, 마음에 들지 않는 것도 있습니다. 마음에 드는 것도, 마음에 들지 않는 것도 소중한 '나'입니다. 어느 한 부분도 없으면 안 되는 것이지요. 다리도 뿔도 모두 중요한 것입니다. 사실 뿔 때문에 죽게 된 것이 아니라 사슴이 부주의해서 죽게 된 것이니까요. 핑계를 대지 않고 자신의 모든 것을 소중하게 생각하는 자세가 필요하다는 내용을 담고 있습니다.

질문 더하기 ➕

○ 사슴 뿔은 왜 있는 것일까?
○ 내 몸에서 자랑하고 싶은 부분과 마음에 안 드는 부분은 무엇일까?
○ 나에게 마음에 들지 않는 부분이 가진 능력은 무엇일까?

뜻풀이

안간힘

❶ 어떤 일을 이루기 위해서 몹시 애쓰는 힘.
❷ 고통이나 울화 따위를 참으려고 숨 쉬는 것도 참으면서 애쓰는 힘.

생각! 꼬리 물기

〈수사슴의 다리와 뿔〉 이야기에서는 자신이 가지고 있는 것 중에 보잘것없다고 생각한 것이 중요한 순간에 더욱 도움이 될 수 있다는 것을 배울 수 있습니다. 멋지다고 뽐내던 것 때문에 오히려 더 어려움을 겪을 수 있다는 것도요. 크게 보면 역사적으로 너무 아름다워서 오히려 세상을 혼란하게 하거나 어려움에 처한 경우도 많습니다. 어느 것이 좋다, 나쁘다고 평가하기보다는 어떤 경우에 어떻게 활용하는가를 구체적으로 배우는 것이 더 중요하답니다.

겉모습과 능력 중 어떤 것이 더 중요할까요?

뿔 같은 겉모습

사슴 뿔처럼 아름답고 고귀해 보이는 것도 귀한 자산입니다. 자신이 태어날 때부터 갖춰진 아름다움이라면, 자만하거나 자랑하며 우쭐대는 것이 아니라 좋은 방향으로 쓰일 수 있도록 하는 것이 중요하지요. 또한 아름답든, 아름답지 않은 외모를 깨끗하고 단정하게 관리하는 것은 우리에게 꼭 필요한 일입니다.

다리 같은 능력

능력은 처음부터 겉으로 드러나지 않습니다. 능력을 발휘할 수 있는 일이 있을 때, 또 시간이 흐른 후에 능력은 서서히 드러납니다. 그러므로 보이지 않는 능력을 과소평가해서 함부로 무시해서는 안 되는 것이랍니다. 특히 능력은 갑자기 발휘되는 것이 아니라 갈고 닦아야 하므로 평상시에 끊임없이 노력해야 합니다.

글쓰기! 꼬리 잡기 — 예시 답안

1 수사슴은 자기 뿔과 다리를 어떻게 생각했나요?

> **예시** 수사슴은 자기 뿔은 언제 보아도 멋있고 아름답다고 생각을 하며 흐뭇해했지만, 다리는 가늘고 볼품이 없다고 한탄을 했다.

2 수사슴의 뿔 같은 겉모습과 다리 같은 능력 중 어떤 것이 더 중요할까요?

> **예시 1** 나는 수사슴의 뿔 같은 겉모습이 더 중요하다고 생각한다. 왜냐하면 능력은 잘 드러나지 않으니까 처음 만나는 자리에서는 겉모습이 더 중요하기 때문이다.

> **예시 2** 나는 수사슴의 다리 같은 능력이 더 중요하다고 생각한다. 왜냐하면 위급한 상황은 물론 일상생활에서도 능력은 꼭 필요하기 때문이다.

3 만약 자신이 수사슴이라면 어떻게 했을까요?

> **예시 1** 만약 내가 수사슴이라면 멀리 도망을 갔을 때, 더 주의 깊게 살펴서 나뭇가지에 뿔이 걸리지 않도록 할 것이다.

> **예시 2** 만약 내가 수사슴이라면 멋있는 뿔도 자랑스럽게 생각하겠지만, 살아가는 데 꼭 필요한 다리도 소중하게 여길 것이다.

위에 쓴 답을 옮겨 쓰며 한 편의 글을 완성해 보세요.

> **예시 1** 수사슴은 자기 뿔은 언제 보아도 멋있고 아름답다고 생각을 하며 흐뭇해했지만, 다리는 가늘고 볼품이 없다고 한탄을 했다. 나는 수사슴의 뿔 같은 겉모습이 더 중요하다고 생각한다. 왜냐하면 능력은 잘 드러나지 않으니까 처음 만나는 자리에서는 겉모습이 더 중요하기 때문이다. 만약 내가 수사슴이라면 멀리 도망을 갔을 때, 더 주의 깊게 살펴서 나뭇가지에 뿔이 걸리지 않도록 할 것이다.

> **예시 2** 수사슴은 자기 뿔은 언제 보아도 멋있고 아름답다고 생각을 하며 흐뭇해했지만, 다리는 가늘고 볼품이 없다고 한탄을 했다. 나는 수사슴의 다리 같은 능력이 더 중요하다고 생각한다. 왜냐하면 위급한 상황은 물론 일상생활에서도 능력은 꼭 필요하기 때문이다. 만약 내가 수사슴이라면 멋있는 뿔도 자랑스럽게 생각하겠지만, 살아가는 데 꼭 필요한 다리도 소중하게 여길 것이다.

내기는 공평할까요

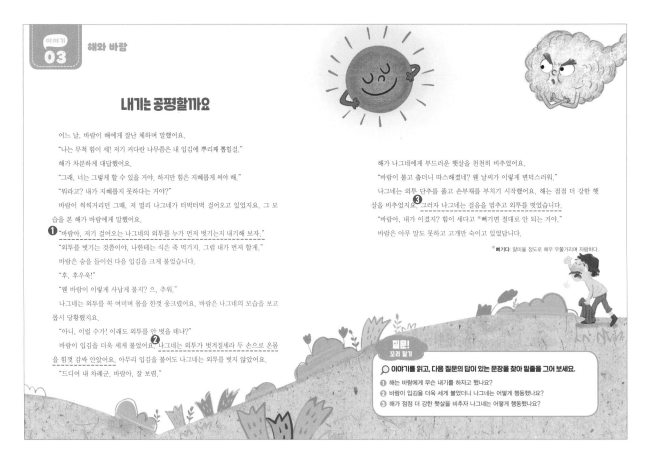

이야기 03 **해와 바람**

내기는 공평할까요

어느 날, 바람이 해에게 잘난 체하며 말했어요.

"나는 무척 힘이 세! 저기 커다란 나무쯤은 내 입김에 뿌리째 뽑힐걸."

해가 차분하게 대답했어요.

"그래, 너는 그렇게 할 수 있을 거야. 하지만 힘은 지혜롭게 써야 해."

"뭐라고? 내가 지혜롭지 못하다는 거야?"

바람이 씩씩거리던 그때, 저 멀리 나그네가 터벅터벅 걸어오고 있었지요. 그 모습을 본 해가 바람에게 말했어요.

❶ "바람아, 저기 걸어오는 나그네의 외투를 누가 먼저 벗기는지 내기해 보자."

"외투를 벗기는 것쯤이야, 나한테는 식은 죽 먹기지. 그럼 내가 먼저 할게."

바람은 숨을 들이쉰 다음 입김을 크게 불었습니다.

"후, 후우욱!"

"웬 바람이 이렇게 사납게 불지? 으, 추워."

나그네는 외투를 꼭 여미며 몸을 한껏 웅크렸어요. 바람은 나그네의 모습을 보고 몹시 당황했지요.

"아니, 이럴 수가! 이래도 외투를 안 벗을 테냐?"

바람이 입김을 더욱 세게 불었어요. ❷ 나그네는 외투가 벗겨질세라 두 손으로 온몸을 힘껏 감싸 안았어요. 아무리 입김을 불어도 나그네는 외투를 벗지 않았어요.

"드디어 내 차례군. 바람아, 잘 보렴."

해가 나그네에게 부드러운 햇살을 천천히 비추었어요.

"바람이 불고 춥더니 따스해졌네? 웬 날씨가 이렇게 변덕스러워."

나그네는 외투 단추를 풀고 손부채를 부치기 시작했어요. 해는 점점 더 강한 햇살을 비추었지요. ❸ 그러자 나그네는 걸음을 멈추고 외투를 벗었습니다.

"바람아, 내가 이겼지? 힘이 세다고 *뻐기면 절대로 안 되는 거야."

바람은 아무 말도 못하고 고개만 숙이고 있었답니다.

*뻐기다: 얄미울 정도로 매우 우쭐거리며 자랑하다.

질문! 꼬리 달기

이야기를 읽고, 다음 질문의 답이 있는 문장을 찾아 밑줄을 그어 보세요.

❶ 해는 바람에게 무슨 내기를 하자고 했나요?
❷ 바람이 입김을 더욱 세게 불었더니 나그네는 어떻게 행동했나요?
❸ 해가 점점 더 강한 햇살을 비추자 나그네는 어떻게 행동했나요?

질문! 꼬리 달기

이야기 내용을 알고 이해하기 위해서는 먼저 소리를 내어 읽는 것이 가장 좋습니다. 질문에 답이 되는 3개의 문장은 본문을 요약해 줍니다. 〈해와 바람〉은 남들보다 힘이 센 능력이 있다고 우쭐대는 바람이 해가 제시한 내기에 져서 풀이 죽는 이야기입니다. 센 힘보다 지혜로움이 더 강하다는 것을 배울 수 있습니다. 지혜로운 해와 성급하고 어리석은 바람을 통해 또 무엇을 배울 수 있을까요?

질문 더하기 ✚

○ 해가 정말 바람보다 셀까?
○ 바람이 불면 나그네는 날아가지 않을까?
○ 바람은 세게 부는 것 빼고는 할 수 있는 일이 없을까?
○ 더운 날씨에 땀을 뻘뻘 흘리던 나그네를 시원하게 해 주는 것은 누가 해야 할까?

뜻풀이

식은 죽 먹기
거리낌 없이 아주 쉽게 예사로 하는 모양.

변덕스럽다
이랬다저랬다 하는, 변하기 쉬운 태도나 성질이 있다.

뻐기다
얄미울 정도로 매우 우쭐거리며 자랑하다.

생각! 꼬리 물기

〈해와 바람〉 이야기는 익히 알고 있는 것과 다른 시각으로 볼 수도 있습니다. 우선 이 이야기는 해의 지혜로움을 부각시키는 내용이지만 바람이 자신이 이기는 방법에 대해 무지했다는 것도 파악해야 하지요. 가끔은 우리 모두가 바람 같을 때가 있잖아요. 그런 시각에서 해와 바람의 내기가 공평했는지 알아보면서 바람이 지혜를 발휘하는 방법을 찾아보는 것은 어떨까요?

해와 바람의 내기는 공평할까요?

공평하다

해가 나그네의 외투를 벗기자고 한 내기를 바람이 받아들였습니다. 내기를 했을 때 내기를 하는 두 사람이 내기를 하는 조건에 합의를 하면 공평하다고 할 수 있습니다. 조건을 숨긴다면 공평하지 않다고 할 수 있겠지요. 내기나 협상을 할 때 자신에게 유리한 부분을 선택해야 하는 이유입니다.

공평하지 않다

바람이 해보다 강한 부분은 물체를 날려 버리는 것입니다. 아무리 내기를 합의를 했다고 해도 애당초 바람이 자기에게 불리한 내기라는 것을 몰랐고, 해는 알고 내기를 제안했기 때문에 이 내기는 공평하지 않다고 할 수 있겠지요. 내기나 협상을 할 때 자신이 불리한 사항이 아닌지 잘 살펴야 합니다.

글쓰기! 꼬리 잡기 예시 답안

1 해와 바람은 무슨 내기를 했으며 그 결과는 어떻게 됐나요?

> **예시** 해와 바람은 나그네의 외투를 벗기는 내기를 했으며 해가 이겼다.

2 해와 바람의 내기는 공평할까요?

> **예시 1** 나는 해와 바람의 내기가 공평하다고 생각한다. 왜냐하면 바람이 해를 얕잡아 보는데도 해가 오히려 침착하게 지혜로운 내기를 제안해서 바람을 굴복시켰기 때문이다.

> **예시 2** 나는 해와 바람의 내기가 공평하지 않다고 생각한다. 해가 자신에게 유리한 내기를 하기보다는 좀 더 공정한 내기를 해야 하기 때문이다.

3 만약 자신이 해 또는 바람이라면 어떻게 했을까요?

> **예시 1** 만약 내가 해라면 좀 더 공평한 내기를 하기 위해 다른 방법을 썼을 것이다.

> **예시 2** 만약 내가 바람이라면 구름을 불러서 해를 가려 해를 꼼짝 못 하게 했을 것이다.

위에 쓴 답을 옮겨 쓰며 한 편의 글을 완성해 보세요.

> **예시 1** 해와 바람은 나그네의 외투를 벗기는 내기를 해서 해가 이겼다. 나는 해와 바람의 내기가 공평하다고 생각한다. 왜냐하면 바람이 해를 얕잡아 보는데도 오히려 침착하게 지혜로운 내기를 제안해서 바람을 굴복시켰기 때문이다. 만약 내가 해라면 좀 더 공평한 내기를 하기 위해 다른 방법을 썼을 것이다.

> **예시 2** 해와 바람은 나그네의 외투를 벗기는 내기를 해서 해가 이겼다. 나는 해와 바람의 내기가 공평하지 않다고 생각한다. 왜냐하면 해가 자신에게 유리한 내기를 하기보다는 좀 더 공정한 내기를 해야 하기 때문이다. 만약 내가 바람이라면 구름을 불러서 해를 가려 해를 꼼짝 못 하게 했을 것이다.

누구의 생활이 더 나을까요

이야기 04 늑대와 개

누구의 생활이 더 나을까요

보름달이 뜬 날, 개가 뒷산 *어귀에서 늑대를 만났어요. 개와 늑대는 마치 친구처럼 스스럼없이 이야기를 나누었지요.

"너는 살도 통통하게 찌고 털도 매끄럽고 반질반질하구나. 먹고사는 게 편한가 보다."

비쩍 마른 늑대는 자기의 부스스한 털을 보며 개에게 물었어요.

❶"나는 주인님 집에서 주인님이 챙겨 주는 밥을 먹고살아. 너는 집이 없니?"

❷"응, 나는 그냥 동굴 같은 데에서 살아. 먹고살기 위해서 밤낮으로 사냥도 해야 해. 어떻게 하면 너처럼 아무 걱정 없이 살 수 있을까?"

"나처럼 살고 싶다고? 그럼 낮에는 주인님 곁을 지켜 드리고, 밤에는 도둑들이 들어오지 못하도록 주인님 집을 잘 지키면 돼. 아주 쉽지? 어때, 할 수 있겠어?"

늑대는 고개를 끄덕이며 개에게 마을로 데려가 달라고 부탁했어요. 개는 늑대와 함께 마을을 향해 걸어갔지요. 그때 환한 달빛이 개를 향해 비추자 늑대는 개의 목에 난 상처를 보았어요. 상처는 오래된 듯 주변에 털이 다 빠져 있었어요.

"목에 난 상처가 매우 깊어 보여, 무슨 큰일이라도 있었니?"

늑대가 걱정스럽게 물었어요.

"이거? 낮에 거는 쇠사슬 목걸이 때문에 그런 거야."

개는 대수롭지 않다는 듯이 대답했어요.

"쇠사슬 목걸이? 그게 뭔데?"

늑대가 깜짝 놀라 소리쳤어요.

"마을에 있는 개들은 모두 낮에 쇠사슬 목걸이를 해야 해. 마을 사람들이 혹시나 자기들을 해칠까 봐 이런 목걸이를 채우고 우리를 묶어 두거든. 하지만 주인님네 가족들은 평소에 나를 무척 귀여워하고, 맛있는 음식이 있으면 꼭 나누어 줘. 밤에는 이렇게 자유를 주고 말이야."

개가 으쓱하며 말했어요.

"그래? 나는 뒷산으로 돌아갈래. 나는 쇠사슬 목걸이에 매여서 살고 싶지 않아. ❸끼니를 거르고 비바람을 맞더라도 묶여 있지 않고, 자유롭게 사는 게 나는 더 좋아!"

늑대는 아무 미련도 없이 숲속으로 걸어갔어요. 개는 말없이 그 모습을 바라보았답니다.

*어귀: 드나드는 목의 첫머리.

밑줄! 꼬리 달기

🔍 이야기를 읽고, 다음 질문의 답이 있는 문장을 찾아 밑줄을 그어 보세요.

❶ 살도 통통하게 찌고 털도 매끄럽고 반질반질한 개는 어디서 어떻게 사나요?
❷ 비쩍 마르고 털도 부스스한 늑대는 어디서 어떻게 사나요?
❸ 늑대는 왜 개를 따라가지 않고 숲속으로 걸어갔나요?

늑대와 개 **23**

질문! 꼬리 달기

〈늑대와 개〉 이야기에서 개는 주인을 지켜 주는 대신 안전한 집과 먹을 것을 보장받습니다. 대신 개는 쇠사슬에 묶여 있을 때가 많습니다. 반면 늑대는 먹을 것을 구하기 위해 사냥을 해야 하고, 비바람을 피할 곳도 마땅하지 않습니다. 하지만 자유롭습니다. 어느 쪽이 좋은 삶일까요? 안전과 구속, 불안정과 자유에 대한 생각을 해 볼 수 있습니다. 긴 글일수록 소리를 내어 읽어 보면 내용 정리가 잘 됩니다. 질문에 답이 되는 3개의 문장은 본문을 요약해 주고 내용을 이해하는 데 도움이 됩니다.

질문 더하기 ✚

○ 늑대는 가족이 없을까?
○ 모든 개가 주인에게 인정을 받고 살까?
○ 개가 쇠사슬에 묶여 있을 때 기분은 어땠을까?
○ 늑대가 순식간에 마음을 바꾼 이유는 무엇일까?

뜻풀이

어귀
드나드는 목의 첫머리.

끼니
❶ 아침, 점심, 저녁과 같이 날마다 일정한 시간에 먹는 밥. 또는 그렇게 먹는 일.
❷ 밥을 먹는 횟수를 세는 단위.

미련
깨끗이 잊지 못하고 끌리는 데가 남아 있는 마음.

생각! 꼬리 물기

〈늑대와 개〉 이야기는 자유로운 삶에 대해 생각해 보게 합니다. 하지만 인간이 사회를 이루어 살아가려면 늑대와 같은 자유분방한 삶보다는 개의 생활처럼 일정 부분의 구속은 당연한 듯합니다. 사람이 살아가는 데에 왜 안정적인 삶이 필요한지, 왜 자유로운 삶이 좋은지에 대해 이야기를 해 봅니다.

개와 늑대 중 누구의 생활이 더 나을까요?

편안하게 사는 개

일정한 시간을 일하고 그에 해당하는 돈을 받으며 사는 삶은 매우 안정적입니다. 또한 규칙적이므로 미래에 대한 계획도 세울 수도 있겠지요. 성실한 만큼 인정을 받으므로 큰 변화는 없지만, 위험 부담도 적습니다.

자유롭게 사는 늑대

다른 사람의 지시를 받으면서 시키는 일을 하는 것을 어려워하는 사람들도 있습니다. 도전적이고 모험심이 강한 사람들은 틀에 박힌 생활을 힘들어합니다. 다소 위험 부담은 있겠지만, 자유롭게 살아갈 수 있습니다.

글쓰기! 꼬리 잡기 예시 답안

1 늑대와 개는 어떻게 살고 있나요?

> **예시** 늑대는 먹고살기 위해 밤낮으로 사냥을 해야 하고 비바람을 맞고 동굴에서 살지만 자유롭다. 개는 주인님 집에서 주인님이 챙겨 주는 밥을 먹고 살지만 목에 쇠사슬 목걸이를 차고 묶여 있다.

2 개와 늑대 중 누구의 생활이 더 나을까요?

> **예시 1** 나는 편안하게 사는 개의 생활이 더 낫다고 생각한다. 왜냐하면 비록 완전하게 자유롭지는 않지만, 따뜻한 잠자리와 먹을 것이 있어 안정적이고 편안하게 살 수 있기 때문이다.

> **예시 2** 나는 자유롭게 사는 늑대의 생활이 더 낫다고 생각한다. 왜냐하면 비록 굶을 때도 있고 비바람도 맞지만, 어디든지 자유롭게 갈 수 있는 자유가 있기 때문이다.

3 만약 자신이 개 또는 늑대라면 어떻게 했을까요?

> **예시 1** 만약 내가 개라면 규칙적이고 성실하게 살며 안정적인 삶에 만족할 것이다.

> **예시 2** 만약 내가 늑대라면 비록 춥고 배가 고프더라도 모험을 하며 자유롭게 살 것이다.

위에 쓴 답을 옮겨 쓰며 한 편의 글을 완성해 보세요.

> **예시 1** 늑대는 먹고살기 위해 밤낮으로 사냥을 해야 하고 비바람을 맞고 동굴에서 살지만 자유롭다. 개는 주인님 집에서 주인님이 챙겨 주는 밥을 먹고 살지만 목에 쇠사슬 목걸이를 차고 묶여 있다. 나는 편안하게 사는 개의 생활이 더 낫다고 생각한다. 왜냐하면 비록 완전하게 자유롭지는 않지만, 따뜻한 잠자리와 먹을 것이 있어 안정적이고 편안하게 살 수 있기 때문이다. 만약 내가 개라면 규칙적이고 성실하게 살며 안정적인 삶에 만족할 것이다.

> **예시 2** 늑대는 먹고살기 위해 밤낮으로 사냥을 해야 하고 비바람을 맞고 동굴에서 살지만 자유롭다. 개는 주인님 집에서 주인님이 챙겨 주는 밥을 먹고 살지만 목에 쇠사슬 목걸이를 차고 묶여 있다. 나는 자유롭게 사는 늑대의 생활이 더 낫다고 생각한다. 왜냐하면 비록 굶을 때도 있고 비바람도 맞지만, 어디든지 자유롭게 갈 수 있는 자유가 있기 때문이다. 만약 내가 늑대라면 비록 춥고 배가 고프더라도 모험을 하며 자유롭게 살 것이다.

젊은 쥐는 정말 잘못했을까요

이야기 05 고양이 목에 방울 달기

젊은 쥐는 정말 잘못했을까요

고양이가 낮잠에서 막 깨어나 먹을 것이 없나 주위를 두리번거렸어요. 그때 생쥐 한 마리가 아무것도 모른 채 길을 지나갔어요. 고양이는 앞발로 생쥐를 덥석 잡았어요.

"악! 살려 주세요. 고양이 아저씨, 제발요."

생쥐는 바들바들 떨며 애원했어요.

"그럴 수는 없지. 나는 지금 배가 무척 고프다고."

고양이는 인정사정없이 생쥐를 한입에 꿀꺽 삼켜 버렸어요. 다른 쥐들은 이 모습을 숨어서 지켜보다 두려움에 벌벌 떨었지요.

'다음에는 내 차례일지도 몰라……'

그날 저녁, 할아버지 쥐는 마을 쥐들을 한자리에 모았어요. 할아버지 쥐는 걱정스럽게 말했지요.

❶"여러분, 저 나쁜 고양이에게 우리가 잡아먹히지 않으려면 무슨 수를 써야 하지 않겠소?"

여기저기에서 겁에 질린 쥐들이 웅성거리자 젊은 쥐가 말했지요.

"이렇게 떠든다고 좋은 수가 나오나요?"

"오! 자네에게 무슨 뾰족한 수가 있는가?"

할아버지 쥐가 반갑게 물었어요. 젊은 쥐는 잘난 체하며 대답했지요.

"아주 간단하고 좋은 방법이죠. 고양이 목에 방울을 다는 거예요. ❷고양이가 움직일 때마다 방울 소리가 들릴 테고, 방울 소리가 들리면 우리는 무조건 도망치면 돼요."

"이야, 그거 정말 기발한데!"

쥐들은 모두 감탄했어요. 그때 할아버지 쥐가 나지막이 말했어요.

"그런데 …… 누가 고양이 목에 방울을 다는 게 좋겠소?"

쥐들이 눈치를 보며 순식간에 조용해졌어요. 할아버지 쥐는 젊은 쥐를 보고 말했어요.

"그런 기발한 방법을 생각한 자네가 고양이 목에 방울을 달고 오면 좋겠네만?"

"제가요? 그랬다가는 방울을 달기 전에 고양이한테 잡아먹히고 말 텐데요."

젊은 쥐는 얼굴이 새빨개졌어요. 그리고 풀이 죽어 슬그머니 자리에 앉았어요. 그 모습을 본 할아버지 쥐가 한숨을 내쉬면서 말했습니다.

❸"아무리 좋은 방법이라도, 자기는 물론 그 누구라도 실천하지 못할 일이라면 아무 쓸모가 없다네."

질문! 꼬리 달기

🔍 이야기를 읽고, 다음 질문의 답이 있는 문장을 찾아 밑줄을 그어 보세요.

❶ 할아버지 쥐는 마을 쥐들을 한자리에 모아 뭐라고 말했나요?
❷ 젊은 쥐는 고양이 목에 방울을 다는 것이 왜 간단하고 좋은 방법이라고 했나요?
❸ 할아버지 쥐는 젊은 쥐가 낸 기발하고 좋은 방법을 어떻게 생각했나요?

고양이 목에 방울 달기 **27**

질문! 꼬리 달기

〈고양이 목에 방울 달기〉는 재미있는 이야기입니다. 크게 소리를 내어 읽으면서 내용을 파악하는 과정이 중요합니다. 질문에 답이 되는 3개의 문장은 긴 본문을 짧게 요약해 주고 내용을 이해하는 데 도움이 됩니다. 고양이에게 위협을 당하는 생쥐들의 회의 시간, 젊은 쥐가 뜬금없이 내놓은 '고양이 목에 방울 달기' 의견은 핀잔만 들었습니다. 하지만 처음에는 기발한 생각이라고 모두 찬성했습니다. 이 문제를 어떻게 풀어 가야 할까요?

질문 더하기 ➕

○ 쥐들이 고양이에게 잡아먹히지 않는 방법은 없을까?
○ 고양이는 왜 쥐를 잡아먹어야 할까?
○ 쥐와 고양이가 사이좋게 살 수는 없을까?
○ 고양이 목에 방울을 달 수는 없을까?

뜻풀이

인정사정없이
무자비할 만큼 몹시 엄격하게. 인정을 베푸는 것도 없고 사정을 봐주는 것도 없다는 뜻에서 나온 말이다.

기발하다
❶ 유달리 재치가 뛰어나다.
❷ 진기하게 빼어나다.

순식간
눈을 한 번 깜짝하거나 숨을 한 번 쉴 만한 아주 짧은 동안.

생각! 꼬리 물기

〈고양이 목에 방울 달기〉 이야기는 실천할 수 있는 의견과 실천할 수 없는 의견을 생각해 보게 합니다. 실천할 수 있는 의견만 내어야 한다는 할아버지 쥐의 말이 꼭 맞을까요? 위급한 상황인데도 해결할 다른 의견이 나오지 않는 회의의 결과는 어떻게 생각을 해야 할까요? 좀 더 진지하게 생각해 볼 만합니다.

의견을 낸 젊은 쥐는 정말 잘못했을까요?

잘못했다

위급한 상황이므로 당장 실천해서 해결을 할 수 있는 방법이 나와야겠죠. '고양이 목에 방울 달기'라는 좋은 수라고 으스대면서도, 정작 자신은 잡아먹힌다고 할 수 없다고 발뺌하는 젊은 쥐입니다. 그러니 그 누구도 실천할 수 없는 방법입니다. 이런 도움이 되지 않는 의견은 내지 않아야겠죠? 의견을 내고 해결하는 방법도 함께 고민해야 합니다.

잘못이 없다

문제를 해결하기 위해서는 다양한 사람이 의견을 내고, 다른 사람의 의견을 듣는 것이 중요합니다. 게다가 위급한 때에 마땅한 대책도 없는 상황입니다. 어떤 의견이라도 들어 보고, 당장 실천할 수 없다고 무시할 것이 아니라 어떻게 하면 그것을 실천할 수 있을까를 같이 고민해야 합니다. 인류의 역사는 불가능한 것을 해결하면서 발전하고 있기 때문입니다.

글쓰기! 꼬리 잡기   예시 답안

1 할아버지 쥐는 왜 젊은 쥐가 낸 의견을 쓸모없다고 했나요?

> 예시 할아버지 쥐는 고양이 목에 방울 달기는 어떤 쥐도 실천할 수 없기 때문에 젊은 쥐가 낸 의견을 쓸모없다고 했다.

2 의견을 낸 젊은 쥐는 정말 잘못했을까요?

> 예시1 나는 의견을 낸 젊은 쥐가 잘못했다고 생각한다. 왜냐하면 엉뚱한 아이디어는 시간만 낭비하기 때문이다.

> 예시2 나는 의견을 낸 젊은 쥐가 잘못이 없다고 생각한다. 왜냐하면 불가능한 의견이라도 여러 의견을 모으면 좋은 방법을 생각할 수 있기 때문이다.

3 만약 자신이 젊은 쥐 또는 할아버지 쥐라면 어떻게 했을까요?

> 예시1 만약 내가 젊은 쥐라면 고양이 목에 방울 달기 특공대를 조직해서 전략을 짜 보겠다.

> 예시2 만약 내가 할아버지 쥐라면 젊은 쥐를 칭찬하고, 어떻게 하면 고양이 목에 방울을 달 수 있을지 다시 토론해 보겠다.

위에 쓴 답을 옮겨 쓰며 한 편의 글을 완성해 보세요.

> 예시1 할아버지 쥐는 고양이 목에 방울 달기는 어떤 쥐도 실천할 수 없기 때문에 젊은 쥐의 의견이 쓸모없다고 했다. 나는 의견을 낸 젊은 쥐가 잘못했다고 생각한다. 왜냐하면 엉뚱한 아이디어는 시간만 낭비하기 때문이다. 만약 내가 젊은 쥐라면 고양이 목에 방울 달기 특공대를 조직해서 전략을 짜 보겠다.

> 예시2 할아버지 쥐는 고양이 목에 방울 달기는 어떤 쥐도 실천할 수 없기 때문에 젊은 쥐의 의견이 쓸모없다고 했다. 나는 의견을 낸 젊은 쥐가 잘못이 없다고 생각한다. 왜냐하면 불가능한 의견이라도 여러 의견을 모으면 좋은 방법을 생각할 수 있기 때문이다. 만약 내가 할아버지 쥐라면 젊은 쥐를 칭찬하고, 어떻게 하면 고양이 목에 방울을 달 수 있을지 다시 토론해 보겠다.

이야기

06 누가 더 잘못했나요

이야기 06 여우와 두루미

누가 더 잘못했나요

여우와 두루미는 같은 숲속에서 살았어요. 어느 날, 여우가 호숫가를 산책하다 두루미를 만났어요. 여우는 반가워하며 두루미를 자기 집으로 초대했습니다.

여우는 맛있게 만든 수프를 접시에 담아 두루미에게 권했어요. ❶ 두루미는 긴 부리로 수프를 쪼아 먹으려고 했지만, 접시가 넓적해서 먹을 수가 없었어요. ❷ 그러자 여우는 두루미가 잔뜩 남긴 수프를 가져다가 접시째 싹싹 핥아 먹었지요. 그 모습을 본 두루미는 여우가 자기를 골탕 먹인다고 생각했어요. 두루미는 매우 화가 나 씩씩거리며 집으로 돌아갔습니다.

며칠 뒤, 두루미도 음식을 대접하고 싶다며 여우를 자기 집에 초대했어요. 두루미는 정성스럽게 만든 고기를 목이 긴 병에 담아 여우에게 권했어요. ❸ 두루미는 긴 부리를 병에 집어넣어 고기를 먹었지만, 여우는 입이 짧아 고기를 한 점도 먹지 못했지요. 그러자 두루미는 여우 앞에 놓인 긴 병을 가져다가 고기를 남김없이 먹어 치웠어요. 여우는 그 모습을 보며 쩝쩝 입맛만 다셨답니다.

질문! 꼬리 달기

이야기를 읽고, 다음 질문의 답이 있는 문장을 찾아 밑줄을 그어 보세요.

1. 여우 집에 초대된 두루미는 왜 수프를 먹지 못했나요?
2. 두루미는 왜 화가 나 집으로 돌아갔나요?
3. 두루미 집에 초대된 여우는 왜 고기를 먹지 못했나요?

여우와 두루미 33

질문! 꼬리 달기

〈여우와 두루미〉는 많이 알려진 이야기입니다. 다시 한번 소리 내어 읽어 보고 3개 질문에 답하면서 이야기 내용을 파악해 봅니다. 알고 있는 이야기일수록 우리 주변에서 많이 일어나는 일들을 다룹니다. 서로 다른 생각과 생활 습관을 가진 사람들이 만나면 오해를 하기 쉽습니다. 오해를 풀고 사이좋게 지내는 방법을 생각하고 연구해 봅니다.

질문 더하기 ➕

- 여우는 두루미를 처음 초대한 것일까?
- 여우는 두루미가 어떤 음식을 좋아하는지 몰랐을까?
- 여우는 정말 두루미를 골탕 먹이려고 했을까?
- 두루미는 왜 못 먹는다고 말해 보지 않았을까?
- 둘이 사이좋게 지내려면 어떻게 해야 할까?

뜻풀이

골탕 먹이다
한꺼번에 크게 손해를 입히거나 낭패를 당하게 만들다.

대접하다
❶ 마땅한 예로써 대하다.
❷ 음식을 차려 접대하다.

입맛 다시다
❶ 음식을 먹을 때처럼 침을 삼키며 입을 놀리다.
❷ 무엇인가를 갖고 싶어 하다.

생각! 꼬리 물기

여우와 두루미는 서로 다른 생활 습관이 있습니다. 다르기 때문에 상대를 더 배려할 줄 알아야 합니다. 이때 상대를 배려해 준다는 것은 무조건 잘해 준다는 것이 아닙니다. 상대가 무엇을 원하는지 물어보아야 하고, 상대에게 무엇이 불편한지 말하고 도움을 청할 줄 알아야 합니다. 이렇게 하는 것이 서로 배려를 하는 것이랍니다.

여우와 두루미 중 누가 더 잘못했나요?

여우

여우는 초대 손님인 두루미가 어떤 음식을 좋아하는지, 두루미를 어떻게 대접할지 생각해야 합니다. 그런데 여우는 자기 입장만 생각하고, 두루미의 긴 부리로는 먹지 못하는 접시에 수프를 담아 대접했어요. 게다가 초대한 손님인 두루미가 수프를 먹지 못하는데도, 물어보지도 않고 가져다가 다 먹어 버렸습니다. 여우가 많이 잘못했지요?

두루미

두루미도 잘못했지요? 넓적한 접시 때문에 수프를 먹지 못하면 다른 그릇에 달라고 부탁을 해야 했습니다. 아마 두루미는 여우가 자기를 골탕 먹인다고 먼저 생각해 버리는 바람에, 화가 나서 더 먹지 못했을 수도 있습니다. 그렇다고 여우를 초대해서 복수하는 마음으로 긴 병에 고기를 담아 대접한 것은 더더욱 잘못했습니다.

글쓰기! 꼬리 잡기 예시 답안

1 여우와 두루미는 서로에게 대접한 음식을 왜 먹지 못했나요?

> 예시 여우는 두루미에게 긴 부리로는 먹지 못하는 접시에 수프를 담아 대접했고, 두루미는 여우에게 목이 긴 병에 고기를 담아 대접해 먹지 못했다.

2 여우와 두루미 중 누가 더 잘못했나요?

> 예시 1 나는 여우와 두루미 중 여우가 더 잘못했다고 생각한다. 왜냐하면 초대한 두루미가 접시의 수프를 못 먹자 두루미의 수프까지 혼자 다 먹어 버리며 두루미를 약 올렸기 때문이다.

> 예시 2 나는 여우와 두루미 중 두루미가 더 잘못했다고 생각한다. 여우에게 다른 그릇을 달라고 부탁하지도 않고, 혼자 화가 나서 복수까지 했기 때문이다.

3 만약 자신이 여우 또는 두루미라면 어떻게 했을까요?

> 예시 1 만약 내가 여우라면 두루미가 어떤 음식을 좋아하는지 물어보고, 두루미의 긴 부리에 맞는 그릇을 준비했을 것이다.

> 예시 2 만약 내가 두루미라면 여우에게 긴 병에 수프를 담아 달라고 부탁하고, 여우와 사이좋게 지냈을 것이다.

위에 쓴 답을 옮겨 쓰며 한 편의 글을 완성해 보세요.

> 예시 1 여우는 두루미에게 긴 부리로는 먹지 못하는 접시에 수프를 담아 대접했고, 두루미는 여우에게 목이 긴 병에 고기를 담아 대접해 먹지 못했다. 나는 여우와 두루미 중 여우가 더 잘못했다고 생각한다. 왜냐하면 초대한 두루미가 접시의 수프를 못 먹자 두루미의 수프까지 혼자 다 먹어 버리며 두루미를 약 올렸기 때문이다. 만약 내가 여우라면 두루미가 어떤 음식을 좋아하는지 물어보고, 두루미의 긴 부리에 맞는 그릇을 준비했을 것이다.

> 예시 2 여우는 두루미에게 긴 부리로는 먹지 못하는 접시에 수프를 담아 대접했고, 두루미는 여우에게 목이 긴 병에 고기를 담아 대접해 먹지 못했다. 나는 여우와 두루미 중 두루미가 더 잘못했다고 생각한다. 여우에게 다른 그릇을 달라고 부탁하지도 않고, 혼자 화가 나서 복수까지 했기 때문이다. 만약 내가 두루미라면 여우에게 긴 병에 수프를 담아 달라고 부탁하고, 여우와 사이좋게 지냈을 것이다.

이야기 07

친구를 용서해야 할까요

이야기 07 곰과 두 친구

🌿 친구를 용서해야 할까요

어느 마을에 사이가 좋은 두 친구가 살았어요. 두 사람은 여행을 떠났지요. 둘이 즐겁게 산길을 걷는데, 어디선가 이상한 소리가 들렸어요. 소리가 나는 곳을 찾던 두 사람은 깜짝 놀라 몸을 움직일 수가 없었어요. ❶ 엄청나게 큰 곰 한 마리가 두 사람 앞에 나타났거든요. ❷ 한 친구는 재빠르게 주위를 살핀 뒤, 순식간에 높은 나무 위로 올라갔어요. 하지만 다른 한 친구는 무섭고 놀란 나머지 다리가 후들거리고 온몸이 떨려 꼼짝달싹할 수 없었어요.

'이 일을 어쩐담. 소리를 지르면 곰이 덤벼들 텐데……. 곰이 이쪽으로 점점 다가오는데 큰일 났네…….'

바로 그때 지난번 마을에서 만난 사냥꾼이 한 말이 생각났어요.

'곰은 죽은 건 절대로 먹지 않죠.'

'그래, 그렇게 한번 해 보자.'

❷ 벌벌 떨던 다른 한 친구는 땅에 납작 엎드려 마치 죽은 사람처럼 숨도 쉬지 않았어요. 곰은 어슬렁어슬렁 다가와 엎드린 친구 몸에 코를 바싹 들이대고 냄새를 킁킁 맡았어요. 그런 뒤 친구 머리를 코끝으로 툭툭 치기도 하고 앞발로 친구 어깨를 흔들어 보기도 했지요. 나무 위에서 그 모습을 보던 친구는 고개를 갸우뚱했어요.

곰은 죽은 척 꼼짝도 하지 않는 친구를 한참 지켜보더니 천천히 사라졌어요. 높은 나무 위로 올라갔던 친구는 후다닥 내려와 다른 한 친구에게 물었어요.

"이봐! 괜찮은가? 곰이 자네한테 무슨 짓을 할까 봐 무척 걱정했다네. 그런데 아까 보니 그 곰이 자네에게 무언가를 말하는 것 같던데, 뭐라고 하던가?"

그제야 땅에 엎드려 있던 친구가 일어나 흙을 털면서 대답했어요.

❸ "목숨이 위험할 때 혼자만 살겠다며 친구를 버려두고 도망치는 사람은 친구가 아니라고 하더군."

"……."

나무 위에 올라갔던 친구는 아무 말도 하지 못했습니다.

질문! 꼬리 달기

🔍 이야기를 읽고, 다음 질문의 답이 있는 문장을 찾아 밑줄을 그어 보세요.

❶ 소리 나는 곳을 찾던 두 사람이 깜짝 놀란 이유는 무엇인가요?
❷ 곰을 만난 두 친구는 각각 어떻게 행동했나요?
❸ 땅에 엎드려 있던 친구는 일어나 나무 위로 올라갔던 친구에게 뭐라고 말했나요?

질문! 꼬리 달기

〈곰과 두 친구〉는 여행을 떠났다가 곰을 만난 두 친구 이야기입니다. 소리 내어 잘 읽어 보고 질문에 답이 되는 문장을 찾아 밑줄을 그어 봅니다. 3개 질문의 답은 전체 내용을 요약해 줍니다. 평소에는 좋은 친구라도 막상 큰일을 당했을 때 하는 행동을 보면 진정한 친구인지 아닌지를 알 수 있습니다. 또한 '나는 위급할 때 어떤 행동을 하는 친구인가?'도 생각을 해 보는 시간이 될 것입니다. 직접 겪어 보지 않고 행동을 평가하는 것은 쉽습니다. 하지만 내가 그런 일을 겪는다고 생각해 보면 쉽게 평가할 수만은 없을 것입니다.

질문 더하기 ✚

○ 두 친구가 같이 있었으면 어떻게 되었을까?
○ 곰을 피할 다른 방법은 없을까?

뜻풀이

꼼짝달싹하다
몸이 아주 조금 움직이거나 들리다.

생각! 꼬리 물기

〈곰과 두 친구〉는 위급한 상황에 닥쳤을 때, 친구를 두고 도망을 친 다른 한 친구를 나무라는 이야기입니다. 하지만 막상 목숨이 위급한 상황이 되면 대개 사람은 자기 자신이 살아야 한다는 생각이 먼저입니다. 한 친구가 나무 위로 올라갔기 때문에 다른 친구는 땅에 엎드리는 재치를 발휘했습니다. 그래서 두 사람이 다 살았지요. 여러분 생각은 어떤가요?

나무 위로 올라간 친구를 용서해야 할까요?

용서하면 안 된다

위급할 때 나만 살기 위해 먼저 도망친 친구는 괘씸합니다. 그래서 용서하기 힘들지요. 세상을 살면서 두고두고 생각이 날 것입니다. 또한 자기만 살 궁리를 하는 친구는 진짜 친구도 아니라고 생각할 수 있습니다. 실망이 크고, 친구 사이에 믿음도 깨졌으니까 용서해서는 안 되는 거지요? 여러분은 어떻게 생각하나요?

용서해야 한다

너무나 위급하면 앞뒤 가릴 수가 없어서 우선 도망치고 봅니다. 나무 위로 올라간 친구는 평생 미안해하면서 살지도 모릅니다. 그런 친구를 용서하지 못하면 역시 위급할 때 친구를 두고 도망간 상황과 다를 바 없게 되는 것이 아닐까요? 또한 나무 위로 올라가서 목숨을 구한 친구를 보고 잘했다고 말할 수 있어야 진정한 친구입니다.

글쓰기! 꼬리 잡기 예시 답안

1 사이가 좋은 두 친구는 곰이 나타나자 각각 어떻게 행동했나요?

> **예시** 사이가 좋은 두 친구는 곰이 나타나자 한 친구는 혼자 순식간에 나무 위로 올라갔고, 다른 한 친구는 땅에 엎드려 죽은 척을 해 살았다.

2 혼자 나무 위로 올라간 친구를 용서해야 할까요?

> **예시1** 나는 혼자 나무 위로 올라간 친구를 용서하면 안 된다고 생각한다. 왜냐하면 진정한 친구라면 살아도 같이 살고, 죽어도 같이 죽어야 하기 때문이다.

> **예시2** 나는 혼자 나무 위로 올라간 친구를 용서해야 한다고 생각한다. 왜냐하면 그 당시 다른 방법이 없었고, 결국 두 사람이 다 살았기 때문이다.

3 만약 자신이 친구와 길을 가다가 곰을 만났다면 어떻게 했을까요?

> **예시1** 만약 내가 친구와 길을 가다가 곰을 만났다면 친구와 함께 곰에게 등을 보이지 않고 천천히 뒷걸음질쳐서 곰에게서 벗어날 것이다.

> **예시2** 만약 내가 친구와 길을 가다가 곰을 만났다면 우산을 펼쳐서 곰이 두려워하도록 한 다음 친구와 같이 도망칠 것이다.

위에 쓴 답을 옮겨 쓰며 한 편의 글을 완성해 보세요.

> **예시1** 사이가 좋은 두 친구는 곰이 나타나자 한 친구는 혼자 순식간에 나무 위로 올라갔고, 다른 한 친구는 땅에 엎드려 죽은 척을 해 살았다. 나는 혼자 나무 위로 올라간 친구를 용서하면 안 된다고 생각한다. 왜냐하면 진정한 친구라면 살아도 같이 살고, 죽어도 같이 죽어야 하기 때문이다. 만약 내가 친구와 길을 가다가 곰을 만났다면 친구와 함께 곰에게 등을 보이지 않고 천천히 뒷걸음질쳐서 곰에게서 벗어날 것이다.

> **예시2** 사이가 좋은 두 친구는 곰이 나타나자 한 친구는 혼자 순식간에 나무 위로 올라갔고, 다른 한 친구는 땅에 엎드려 죽은 척을 해 살았다. 나는 혼자 나무 위로 올라간 친구를 용서해야 한다고 생각한다. 왜냐하면 그 당시 다른 방법이 없었고, 결국 두 사람이 다 살았기 때문이다. 만약 내가 친구와 길을 가다가 곰을 만났다면 우산을 펼쳐서 곰이 두려워하도록 한 다음 친구와 같이 도망칠 것이다.

누가 가장 어리석을까요

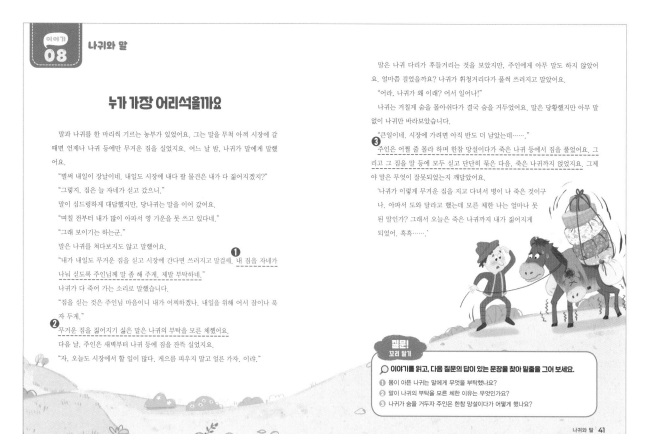

이야기 08 나귀와 말

누가 가장 어리석을까요

말과 나귀를 한 마리씩 기르는 농부가 있었어요. 그는 말을 무척 아껴 시장에 갈 때면 언제나 나귀 등에만 무거운 짐을 실었지요. 어느 날 밤, 나귀가 말에게 말했어요.

"벌써 내일이 장날이네. 내일도 시장에 내다 팔 물건은 내가 다 짊어지겠지?"

"그렇지. 짐은 늘 자네가 싣고 갔으니."

말이 심드렁하게 대답했지만, 당나귀는 말을 이어 갔어요.

"며칠 전부터 내가 많이 아파서 영 기운을 못 쓰고 있다네."

"그래 보이기는 하는군."

말은 나귀를 쳐다보지도 않고 말했어요.

❶ "내가 내일도 무거운 짐을 싣고 시장에 간다면 쓰러지고 말걸세. 내 짐을 자네가 나눠 싣도록 주인님께 말 좀 해 주게. 제발 부탁하네."

나귀가 다 죽어 가는 소리로 말했습니다.

"짐을 싣는 것은 주인님 마음이니 내가 어찌하겠나. 내일을 위해 어서 잠이나 푹 자 두게."

❷ 무거운 짐을 짊어지기 싫은 말은 나귀의 부탁을 모른 체했어요.

다음 날, 주인은 새벽부터 나귀 등에 짐을 잔뜩 실었지요.

"자, 오늘도 시장에서 할 일이 많다. 게으름 피우지 말고 얼른 가자. 이랴."

말은 나귀 다리가 후들거리는 것을 보았지만, 주인에게 아무 말도 하지 않았어요. 얼마쯤 걸었을까요? 나귀가 휘청거리다가 풀썩 쓰러지고 말았어요.

"어라, 나귀가 왜 이래? 어서 일어나!"

나귀는 거칠게 숨을 몰아쉬다가 결국 숨을 거두었어요. 말은 당황했지만 아무 말 없이 나귀만 바라보았습니다.

❸ "큰일이네. 시장에 가려면 아직 반도 더 남았는데……."

주인은 어쩔 줄 몰라 하며 한참 망설이다가 죽은 나귀 등에서 짐을 풀었어요. 그리고 그 짐을 말 등에 모두 싣고 단단히 묶은 다음, 죽은 나귀까지 얹었지요. 그제야 말은 무엇이 잘못되었는지 깨달았어요.

'나귀가 이렇게 무거운 짐을 지고 다녀서 병이 나 죽은 것이구나. 아파서 도와 달라고 했는데 모른 체한 나는 얼마나 못된 말인가? 그래서 오늘은 죽은 나귀까지 내가 짊어지게 되었어. 흑흑…….'

질문! 꼬리 달기

🔍 이야기를 읽고, 다음 질문의 답이 있는 문장을 찾아 밑줄을 그어 보세요.

❶ 몸이 아픈 나귀는 말에게 무엇을 부탁했나요?
❷ 말이 나귀의 부탁을 모른 체한 이유는 무엇인가요?
❸ 나귀가 숨을 거두자 주인은 한참 망설이다가 어떻게 했나요?

나귀와 말 41

질문! 꼬리 달기

〈나귀와 말〉은 안타까운 이야기입니다. 매일같이 힘들게 일만 하다가 병에 걸려 죽게 된 나귀와 그런 나귀를 모른 체하고 혼자만 편하게 지내려던 어리석은 말에 관한 이야기입니다. 나귀는 주인에게도 배려받지 못했고, 같이 지냈던 말에게서도 배려받지 못했습니다. 3개 질문의 답이 되는 문장을 찾아 밑줄을 그으면서 다시 한번 내용을 점검해 보도록 합니다. 소리 내어 읽는 것도 잊지 마세요.

질문 더하기 ✚

○ 주인은 왜 나귀에게만 일을 시켰을까?
○ 주인이 말을 특히 아낀 이유는 무엇이었을까?
○ 나귀는 왜 주인에게 부탁하지 않았을까?
○ 죽은 나귀까지 싣고 간 말은 어떻게 되었을까?

뜻풀이

장날
장이 서는 날. 보통 닷새 만에 서며 사흘 만에 서기도 한다.

심드렁하다
마음에 탐탁하지 아니하여서 관심이 거의 없다.

생각! 꼬리 물기

〈나귀와 말〉은 어리석은 나귀와 말과 주인의 이야기입니다. 나귀는 주인에게 힘들고 아프다고 왜 말을 못 했을까요? 말은 왜 힘들어하는 나귀를 도와주지 않았을까요? 주인은 왜 고달픈 나귀를 몰라주었을까요? 여러분은 누가 가장 어리석다고 생각하나요?

나귀와 말과 주인 중 누가 가장 어리석을까요?

나귀

착하고 성실하기보다는 지혜로워야 합니다. 죽으면 결국 나만 손해입니다. 그런 면에서 결국은 죽게 된 나귀가 가장 어리석다고 봐야 합니다.

말

자기가 편하려고 힘든 나귀를 모른 척 하더니 나귀가 죽자 나귀가 했던 일을 말이 할 수밖에 없잖아요. 말도 나귀처럼 될 테니 말이 가장 어리석습니다.

주인

나귀와 말은 주인의 큰 재산입니다. 결국 나귀도 죽고 말도 나귀처럼 될 수도 있을 것이므로 주인이 가장 어리석다고 볼 수 있습니다.

글쓰기! 꼬리 잡기 예시 답안

1 나귀가 목숨을 잃은 이유는 무엇인가요?

> 예시 ┃ 나귀는 아픈데도 주인에게 말도 못 하고 혼자 무거운 짐을 지고 나르다가 병이 나 죽었다.

2 나귀와 말과 주인 중 누가 가장 어리석을까요?

> 예시 1 ┃ 나는 나귀와 말과 주인 중 나귀가 가장 어리석다고 생각한다. 왜냐하면 성실하게 일만 하다가 아프다는 말도 못 하고 죽었기 때문이다.

> 예시 2 ┃ 나는 나귀와 말과 주인 중 말이 가장 어리석다고 생각한다. 왜냐하면 나귀처럼 무거운 짐을 다 짊어지다 죽게 될 수도 있기 때문이다.

> 예시 3 ┃ 나는 나귀와 말과 주인 중 주인이 가장 어리석다고 생각한다. 왜냐하면 나귀를 관리하지 못하고 죽게 만들었기 때문이다.

3 만약 자신이 나귀 또는 말 또는 주인이라면 어떻게 했을까요?

> 예시 1 ┃ 만약 내가 나귀라면 평소에도 주인에게 짐을 나누어 실어 달라고 하고, 아플 때는 가만히 누워서 꼼짝도 하지 않았을 것이다.

> 예시 2 ┃ 만약 내가 말이라면 나귀가 정말 아픈 날만이라도 자기가 짐을 지고 가겠다고 주인에게 부탁했을 것이다.

> 예시 3 ┃ 만약 내가 주인이라면 나귀와 말이 오랫동안 일할 수 있도록 골고루 짐을 나누어서 싣고 시장에 다녔을 것이다.

위에 쓴 답을 옮겨 쓰며 한 편의 글을 완성해 보세요.

> 예시 1 ┃ 나귀는 아픈데도 주인에게 말도 못 하고 혼자 무거운 짐을 지고 나르다가 병이 나 죽었다. 나는 나귀와 말과 주인 중 나귀가 가장 어리석다고 생각한다. 왜냐하면 성실하게 일만 하다가 아프다는 말도 못 하고 죽었기 때문이다. 만약 내가 나귀라면 평소에도 주인에게 짐을 나누어 실어 달라고 부탁하고, 아플 때는 가만히 누워서 꼼짝도 하지 않았을 것이다.

> 예시 2 ┃ 나귀는 아픈데도 주인에게 말도 못 하고 혼자 무거운 짐을 지고 나르다가 병이 나 죽었다. 나는 나귀와 말과 주인 중 말이 가장 어리석다고 생각한다. 왜냐하면 나귀처럼 무거운 짐을 다 짊어지다 죽게 될 수도 있기 때문이다. 만약 내가 말이라면 나귀가 정말 아픈 날만이라도 자기가 짐을 지고 가겠다고 주인에게 부탁했을 것이다.

> 예시 3 ┃ 나귀는 아픈데도 주인에게 말도 못 하고 혼자 무거운 짐을 지고 나르다가 병이 나 죽었다. 나는 나귀와 말과 주인 중 주인이 가장 어리석다고 생각한다. 왜냐하면 나귀를 관리하지 못하고 죽게 만들었기 때문이다. 만약 내가 주인이라면 나귀와 말이 더 건강하게 일할 수 있도록 골고루 짐을 나누어서 싣고 시장에 다녔을 것이다.

사자는 은혜를 꼭 갚아야 할까요

 은혜 갚은 생쥐

사자는 은혜를 꼭 갚아야 할까요

어느 날, 사자가 시원한 나무 그늘에서 기분 좋게 낮잠을 잤어요. 그때 어디선가 작은 생쥐가 나타났지요. 생쥐는 사자 등을 타고 올라가 미끄럼틀을 타고, 갈기 속에 숨기도 하면서 재미있게 놀았어요. 그런데 사자가 몸이 간질거려 잠에서 깨고 말았어요. 사자는 반쯤 뜬 눈으로 자기의 코털을 만지는 생쥐를 보았지요.

"네 이놈! 지금 무슨 짓을 하는 거냐?"

사자는 작은 생쥐를 한 손에 움켜잡고 소리쳤어요. 생쥐는 몸을 바들바들 떨면서 말했지요.

"한, 한 번만 용서해 주세요, 사자 대왕님."

"출출하던 참인데 마침 잘됐군. 너를 간식 삼아 한입에 먹어야겠다."

사자 말에 겁에 질린 생쥐가 간절하게 외쳤어요.

"사자 대왕님, 한 번만 용서해 주시면 은혜를 꼭 갚을게요. 반드시 약속을 지키겠습니다."

사자는 생쥐가 불쌍해 보여 놓아주기로 했어요. 목숨을 구한 생쥐는 사자에게 몇 번이고 머리를 조아리며 숲속으로 사라졌습니다.

며칠 뒤, 사자의 큰 울음소리가 숲속을 뒤흔들었어요. 사냥꾼이 쳐 놓은 그물에 걸려 사자가 꼼짝달싹할 수 없게 된 거예요. 사자는 더 크게 울부짖었지만, 도와주러 오는 동물은 없었어요. 그때 어디선가 사각거리는 소리가 작게 들려왔어요. 사자가 소리 나는 쪽으로 고개를 돌렸습니다. 그런데 그곳에 작은 생쥐가 그물줄을 열심히 갉고 있는 게 아니겠어요?

"제가 은혜를 갚는다고 했잖아요."

생쥐가 한참 동안 그물줄을 갉아 낸 덕분에 사자는 그물 밖으로 나올 수 있었지요.

"휴! 생쥐야, 정말 고맙다. 너한테 이런 도움을 받을 줄은 몰랐구나."

사자는 마음을 놓으며 생쥐에게 말했어요.

"작다고 무시하지 마세요. 저도 사자 대왕님을 도와 드릴 수 있으니까요."

"그래, 생쥐 네 덕분에 살았다. 하마터면 사냥꾼에게 잡혀서 죽을 뻔했구나."

사자는 눈물이 날 만큼 생쥐가 고마웠답니다.

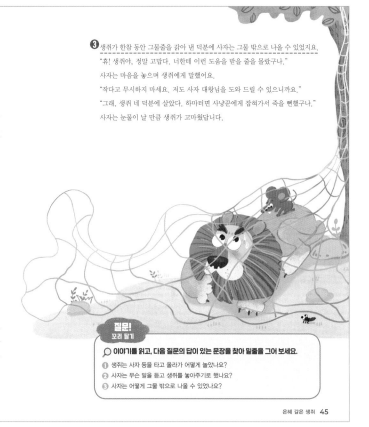

질문! 꼬리 달기

이야기를 읽고, 다음 질문의 답이 있는 문장을 찾아 밑줄을 그어 보세요.

❶ 생쥐는 사자 등을 타고 올라가 어떻게 놀았나요?
❷ 사자는 무슨 말을 듣고 생쥐를 놓아주기로 했나요?
❸ 사자는 어떻게 그물 밖으로 나올 수 있었나요?

44 초등 글쓰기 ❶　　　　　　　　　　　　　　　　　　　　은혜 갚은 생쥐 45

질문! 꼬리 달기

〈은혜 갚은 생쥐〉 이야기는 용감한 생쥐가 주인공입니다. 큰 소리로 내용을 읽어 보고, 3개 질문에 답이 되는 문장에 밑줄을 그어 봅니다. 작은 생쥐는 잠자던 사자 대왕 등을 타고 놀고, 사자 갈기에도 들어갔습니다. 사자가 깨어나서 잡아먹으려고 할 때도 은혜를 갚겠다며 살려 달라고 했습니다. 죽기 직전까지 용기 있게 애원하는 생쥐를 사자는 살려 줍니다. 생쥐의 용기는 어디에서 나온 것일까요?

질문 더하기 ✚

○ 생쥐는 사자 앞에서 겁이 나지 않았을까?
○ 사자가 울부짖는 소리를 사냥꾼은 듣지 못했을까?
○ 왜 사자를 도와줄 다른 동물은 없었을까?
○ 그 후 사자는 생쥐에게 어떻게 했을까?

뜻풀이

출출하다
배가 고픈 느낌이 있다.

은혜
고맙게 베풀어 주는 신세나 혜택.

조아리다
상대편에게 존경의 뜻을 보이거나 애원하느라고 이마가 바닥에 닿을 정도로 머리를 자꾸 숙이다.

생각! 꼬리 물기

〈은혜 갚은 생쥐〉는 은혜를 갚기 위해 사자 목숨을 살려 준 생쥐의 이야기입니다. 사자는 은혜를 갚기 위해 그물줄을 잘라 목숨을 살려 준 생쥐에게 고마워하며 어떻게 해야 할까요? 생쥐의 목숨을 살려 준 사자의 경우와 사자의 목숨을 살려 준 생쥐의 경우가 같은 것일까요?

사자는 생쥐에게 은혜를 꼭 갚아야 할까요?

갚아야 한다

만약 사자가 생쥐를 잡아먹었다면 사자도 사냥꾼에게 잡혀 죽었을 것입니다. 사자가 생쥐를 살려 준 것은 큰 노력을 들이지 않았던 것에 비해 생쥐는 위험을 무릅쓰고 자신의 목숨을 구했으니 사자가 은혜를 갚아야 하지 않을까요?

안 갚아도 된다

생쥐는 사자에게 장난을 쳐서 사자를 화나게 했기 때문에 목숨을 잃을 뻔했죠. 사자에게 은혜를 갚겠다고 약속을 하고 목숨을 빚졌습니다. 생쥐가 사자의 목숨을 구해 준 것은 약속을 지킨 것입니다. 따라서 사자가 다시 생쥐에게 은혜를 갚을 필요는 없겠죠?

글쓰기! 꼬리 잡기 예시 답안

1 생쥐는 그물에 걸린 사자를 왜 구해 주었나요?

> **예시** 생쥐는 자기 목숨을 살려 준 사자에게 은혜를 갚겠다고 한 약속을 지키려고 그물에 걸린 사자를 구해 주었다.

2 사자는 도움을 준 생쥐에게 은혜를 꼭 갚아야 할까요?

> **예시1** 나는 사자가 도움을 준 생쥐에게 은혜를 꼭 갚아야 한다고 생각한다. 왜냐하면 사자가 생쥐의 도움을 받지 못했다면 사냥꾼의 그물에 갇혀 결국 죽었을 수도 있기 때문이다.

> **예시2** 나는 사자가 도움을 준 생쥐에게 은혜를 꼭 안 갚아도 된다고 생각한다. 왜냐하면 사자는 생쥐가 은혜를 갚겠다고 해서 생쥐를 살려 주었고, 생쥐는 약속을 지켰기 때문이다.

3 만약 자신이 사자 또는 생쥐라면 어떻게 했을까요?

> **예시1** 만약 내가 사자라면 생쥐에게 큰 상을 내릴 것이다.

> **예시2** 만약 내가 생쥐라면 사자 대왕과 계속 친하게 지낼 것이다.

위에 쓴 답을 옮겨 쓰며 한 편의 글을 완성해 보세요.

> **예시1** 생쥐는 자기 목숨을 살려 준 사자에게 은혜를 갚겠다고 한 약속을 지키려고 그물에 걸린 사자를 구해 주었다. 하지만 나는 사자가 도움을 준 생쥐에게 은혜를 꼭 갚아야 한다고 생각한다. 왜냐하면 사자가 생쥐의 도움을 받지 못했다면 사냥꾼의 그물에 갇혀 결국 죽었을 수도 있기 때문이다. 만약 내가 사자라면 생쥐에게 큰 상을 내릴 것이다.

> **예시2** 생쥐는 자기 목숨을 살려 준 사자에게 은혜를 갚겠다고 한 약속을 지키려고 그물에 걸린 사자를 구해 주었다. 나는 사자가 도움을 준 생쥐에게 은혜를 꼭 안 갚아도 된다고 생각한다. 왜냐하면 사자는 생쥐가 은혜를 갚겠다고 해서 생쥐를 살려 주었고, 생쥐는 약속을 지켰기 때문이다. 만약 내가 생쥐라면 사자 대왕과 계속 친하게 지낼 것이다.

여치는 당나귀의 죽음을 책임져야 할까요

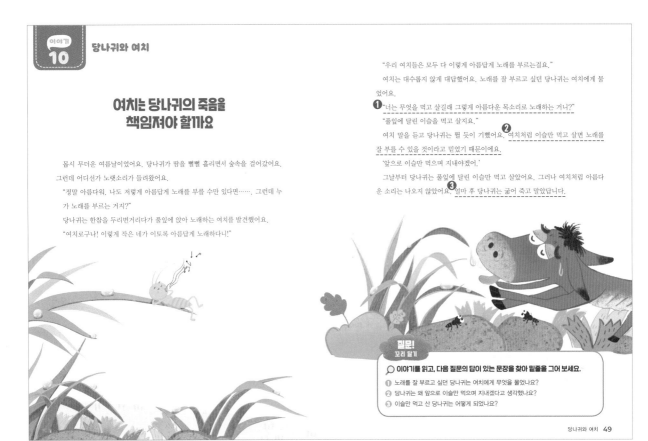

여치는 당나귀의 죽음을 책임져야 할까요

몹시 무더운 여름날이었어요. 당나귀가 땀을 뻘뻘 흘리면서 숲속을 걸어갔어요. 그런데 어디선가 노랫소리가 들려왔어요.

"정말 아름다워. 나도 저렇게 아름답게 노래를 부를 수만 있다면……. 그런데 누가 노래를 부르는 거지?"

당나귀는 한참을 두리번거리다가 풀잎에 앉아 노래하는 여치를 발견했어요.

"여치로구나! 이렇게 작은 네가 이토록 아름답게 노래하다니!"

"우리 여치들은 모두 다 이렇게 아름답게 노래를 부르는걸요."

여치는 대수롭지 않게 대답했어요. 노래를 잘 부르고 싶던 당나귀는 여치에게 물었어요.

❶ "너는 무엇을 먹고 살길래 그렇게 아름다운 목소리로 노래하는 거니?"

"풀잎에 달린 이슬을 먹고 살지요."

여치 말을 듣고 당나귀는 뛸 듯이 기뻤어요. ❷ 여치처럼 이슬만 먹고 살면 노래를 잘 부를 수 있을 것이라고 믿었기 때문이에요.

'앞으로 이슬만 먹으며 지내야겠어.'

그날부터 당나귀는 풀잎에 달린 이슬만 먹고 살았어요. 그러나 여치처럼 아름다운 소리는 나오지 않았어요. ❸ 얼마 후 당나귀는 굶어 죽고 말았답니다.

질문! 꼬리 달기

🔍 이야기를 읽고, 다음 질문의 답이 있는 문장을 찾아 밑줄을 그어 보세요.

❶ 노래를 잘 부르고 싶던 당나귀는 여치에게 무엇을 물었나요?
❷ 당나귀는 왜 앞으로 이슬만 먹으며 지내겠다고 생각했나요?
❸ 이슬만 먹고 산 당나귀는 어떻게 되었나요?

당나귀와 여치 **49**

질문! 꼬리 달기

〈당나귀와 여치〉 이야기에서는 여치의 아름다운 노랫소리를 부러워한 당나귀가 여치가 말한 대로 이슬을 먹고 살다가 굶어 죽고 맙니다. 큰 소리로 이야기를 읽어 보고, 3개 질문의 답이 되는 문장에 밑줄을 그어 보면서 내용을 다시 한번 살펴보도록 합니다. 당나귀의 성격과 여치의 성격도 파악해 보면 좋습니다. 무모하지만 하고 싶은 것을 해 보는 당나귀, 당나귀의 고민을 대수롭지 않게 여기는 여치를 보면서 무엇을 배울 수 있을까요? 또 다른 질문으로 내용을 파악해 볼 수 있습니다.

질문 더하기 ➕

○ 왜 당나귀는 아름다운 노래를 부르고 싶었을까?
○ 여치는 왜 이슬을 먹고 산다고 했을까?
○ 여치는 정말 당나귀가 따라 할 것을 몰랐을까?
○ 당나귀는 왜 그 말을 그대로 믿었을까?

뜻풀이

발견하다
미처 찾아내지 못하였거나 아직 알려지지 아니한 사물이나 현상, 사실 따위를 찾아내다.

대수롭다
중요하게 여길 만하다.

생각! 꼬리 물기

〈당나귀와 여치〉는 당나귀가 할 수 없는 부분에 대해 욕심을 내어서 결국 죽게 된 이야기입니다. 아름답게 노래를 부르는 여치가 노래를 잘 부르고 싶던 당나귀에게 생각 없이 내뱉은 말이 당나귀를 죽게 만든 셈이지요. 누가 더 잘못했을까요? 그런 의미에서 여치가 당나귀의 죽음에 책임이 있을지 생각해 봅니다.

여치는 당나귀의 죽음을 책임져야 할까요?

책임져야 한다

'무심코 던진 돌에 개구리 맞아 죽는다.'는 말이 있습니다. 이 글에서도 여치는 당나귀의 심각한 고민을 대수롭지 않게 여기고 있습니다. 이슬을 먹고 아름다운 노래를 부를 수 있다니, 정말 어처구니없지요. 결국 여치의 말을 곧이곧대로 들은 순진한 당나귀는 굶어 죽고 말았습니다. 당연히 당나귀가 책임을 져야 하지 않을까요?

책임질 필요가 없다

당나귀가 여치처럼 노래를 부르겠다는 자체가 이미 말도 안 되는 이야기입니다. 토의 예시에서처럼 여치는 노래를 부르는 것이 아니라 실제로는 날개를 비벼서 구애 중인 상황입니다. 여치가 자기의 상황을 제대로 알고 있었다면 순진하고 어리석은 당나귀는 어떤 행동을 했을까요? 여치의 잘못이 아니라고 할 수 있습니다.

글쓰기! 꼬리 잡기 — 예시 답안

1 당나귀는 왜 이슬만 먹었으며, 이슬만 먹다가 어떻게 되었나요?

> **예시** 당나귀는 여치처럼 아름다운 노래를 부르기 위해서 이슬만 먹다가 굶어 죽었다.

2 여치는 당나귀의 죽음을 책임져야 할까요?

> **예시 1** 나는 여치가 당나귀의 죽음을 책임져야 한다고 생각한다. 왜냐하면 여치의 거짓말을 곧이들은 당나귀가 이슬만 먹다가 굶어 죽었기 때문이다.

> **예시 2** 나는 여치가 당나귀의 죽음을 책임질 필요가 없다고 생각한다. 왜냐하면 여치가 당나귀에게 이슬만 먹으라고 한 적이 없고, 당나귀가 스스로 선택했기 때문이다.

3 만약 자신이 여치 또는 당나귀라면 어떻게 했을까요?

> **예시 1** 만약 내가 여치라면 당나귀에게 헛된 꿈을 가지지 않도록 있는 그대로 말할 것이다.

> **예시 2** 만약 내가 당나귀라면 여치의 노래를 듣는 것으로 만족하고, 어리석게 굶어 죽지 않을 것이다.

위에 쓴 답을 옮겨 쓰며 한 편의 글을 완성해 보세요.

> **예시 1** 당나귀는 여치처럼 아름다운 노래를 부르기 위해서 이슬만 먹다가 굶어 죽었다. 나는 여치가 당나귀의 죽음을 책임져야 한다고 생각한다. 왜냐하면 여치의 거짓말을 곧이들은 당나귀는 이슬만 먹다가 굶어 죽었기 때문이다. 만약 내가 여치라면 당나귀에게 헛된 꿈을 가지지 않도록 있는 그대로 말할 것이다.

> **예시 2** 당나귀는 여치처럼 아름다운 노래를 부르기 위해서 이슬만 먹다가 굶어 죽었다. 나는 여치가 당나귀의 죽음을 책임질 필요가 없다고 생각한다. 왜냐하면 여치가 당나귀에게 이슬만 먹으라고 한 적이 없고, 당나귀가 스스로 선택했기 때문이다. 만약 내가 당나귀라면 여치의 노래를 듣는 것으로 만족하고, 어리석게 굶어 죽지 않을 것이다.

부부는 운이 좋을까요

이야기
11
황금알을 낳는 거위

부부는 운이 좋을까요

어느 마을에 특별한 거위를 기르는 부부가 살았어요. ❶ 그 거위는 날마다 황금알을 한 개씩 낳았지요. 황금알을 낳는 거위 덕분에 부부는 금방 부자가 되었어요. 그러던 어느 날, 부인은 문득 이런 생각이 떠올랐어요.

❷ '거위 배에 엄청난 황금이 들어 있는 게 아닐까? 하루에 하나씩 황금알을 갖는 것보다 한꺼번에 많은 황금알을 얻는다면 더 큰 부자가 될 텐데……'

부인은 남편에게 거위 배를 갈라 보자고 말했어요. 남편은 안 된다고 부인을 말렸어요. 하지만 부인은 막무가내로 졸랐습니다. 결국 부부는 부인의 고집대로 거위 배를 갈랐어요. 그런데 어찌된 일일까요? ❸ 황금알을 낳는 거위 배 속은 다른 거위와 똑같았답니다.

질문!
꼬리 달기

🔍 이야기를 읽고, 다음 질문의 답이 있는 문장을 찾아 밑줄을 그어 보세요.
❶ 부부가 기르는 거위는 왜 특별했나요?
❷ 부인은 무슨 생각으로 남편에게 거위 배를 갈라 보자고 했나요?
❸ 거위 배를 갈라 보니 배 속은 어떠했나요?

질문! 꼬리 달기

〈황금알을 낳는 거위〉 이야기를 읽고 나면 많이 아쉬운 마음이 듭니다. 거위를 죽게 만들어서 결국은 매일 얻었던 황금알을 얻을 수 없게 되었으니까요. 황금알을 얻어서 부자가 되었는데 더 욕심을 내다가 거위를 죽이게 된 부부 이야기는 여러 가지로 배울 점이 많습니다. 천천히 소리를 내어 읽어 보고, 이야기 앞부분과 뒷부분을 상상해 보는 것도 좋습니다. 제시된 3개 질문의 답이 되는 문장에 밑줄을 긋고 문장을 연결해서 읽어 보세요.

질문 더하기 ✚

○ 부부는 황금알을 낳은 거위를 어떻게 얻었을까?
○ 거위는 황금알을 몇 개나 낳았을까?
○ 거위가 죽고 나서 부부는 어떻게 되었을까?

뜻풀이

막무가내
달리 어찌할 수 없음.

가르다
❶ 동사 쪼개거나 나누어 따로따로 되게 하다.
❷ 동사 물체가 공기나 물을 양옆으로 열며 움직이다.
❸ 동사 옳고 그름을 따져서 구분하다.

생각! 꼬리 물기

〈황금알을 낳는 거위〉는 부자가 될 수 있는 좋은 기회인데도 그것을 놓쳐 버린 부부의 이야기입니다. 거위가 죽기 전에 얻은 황금알로 이미 부자가 되었으니 이 부부는 운이 좋은 것일까요? 아니면 거위가 죽지 않았다면 더 큰 부자가 되었을 텐데, 기회를 놓쳐 버렸으니 운이 나쁜 것일까요? 꼼꼼하게 살펴 다양한 생각을 해 봅니다.

부부는 운이 좋을까요?

운이 좋다

자기의 삶에 만족을 하고 있으면 운이 좋은 부부라고 할 수 있습니다. 이미 거위가 낳아 준 황금알만으로도 부자가 되었으니까요. 이런 거위를 손에 넣었다는 것만으로도 이미 운이 좋다고 할 수 있겠지요.

운이 나쁘다

자기의 삶에 만족하지 못하면 부자가 되더라도 운이 좋지 않다고 볼 수 있습니다. 계속 욕심을 버리지 않는다면 거위가 죽고 난 다음 반성보다는 억울해하면서 불행해질 확률이 높습니다. 그렇다면 이 부부는 운이 없는 사람들이라고 할 수 있습니다.

글쓰기! 꼬리 잡기 예시 답안

1 부인은 거위 배를 왜 갈랐나요?

　예시　부인은 거위 배 속에 더 많은 황금이 있다고 생각해서 거위 배를 갈랐다.

2 황금알을 낳는 거위를 기르는 부부는 운이 좋을까요?

　예시1　나는 황금알을 낳는 거위를 기르는 부부가 운이 좋다고 생각한다. 왜냐하면 비록 거위는 죽었지만 황금알을 낳는 거위를 얻었고, 그 황금알로 이미 부자가 되었기 때문이다.

　예시2　나는 황금알을 낳는 거위를 기르는 부부가 운이 나쁘다고 생각한다. 왜냐하면 욕심부린 것을 반성하기보다는 서로 원망하면서 살 수도 있기 때문이다.

3 만약 자신이 부인이라면 어떻게 했을까요?

　예시1　만약 내가 부인이라면 황금알을 낳아 주는 거위에게 매일 감사하며 살았을 것이다.

　예시2　만약 내가 부인이라면 황금알로 부자가 된 만큼 많은 사람을 도우며 살았을 것이다.

위에 쓴 답을 옮겨 쓰며 한 편의 글을 완성해 보세요.

　예시1　부인은 거위 배 속에 더 많은 황금이 있다고 생각해서 거위 배를 갈랐다. 나는 황금알을 낳는 거위를 기르는 부부가 운이 좋다고 생각한다. 왜냐하면 비록 거위는 죽었지만 황금알을 낳는 거위를 얻었고, 그 황금알로 이미 부자가 되었기 때문이다. 만약 내가 부인이라면 황금알을 낳아 주는 거위에게 매일 감사하며 살았을 것이다.

　예시2　부인은 거위 배 속에 더 많은 황금이 있다고 생각해서 거위 배를 갈랐다. 나는 황금알을 낳는 거위를 기르는 부부가 운이 나쁘다고 생각한다. 왜냐하면 욕심부린 것을 반성하기보다는 서로 원망하면서 살 수도 있기 때문이다. 만약 내가 부인이라면 황금알로 부자가 된 만큼 많은 사람을 도우며 살았을 것이다.

욕심을 내는 것은
정말 나쁘기만 할까요

  욕심쟁이 개

욕심을 내는 것은
정말 나쁘기만 할까요

어느 날, 개 한 마리가 길을 걷다가 무언가 떨어져 있는 것을 보았어요. 가까이 가 보니 먹음직스러운 고깃덩어리였어요. 개는 찬찬히 주위를 둘러보았어요. 그리고 기분 좋게 고기를 덥석 물고 개울가 다리를 건너기 시작했어요. 아무도 없는 곳에서 혼자 먹을 생각이었거든요.

개는 다리를 건너다가 무심코 물속을 들여다보았습니다. 그런데 그곳에 또 다른 개가 커다란 고깃덩어리를 물고 빤히 쳐다보고 있는 게 아니겠어요?

❶ '앗, 내 것보다 고깃덩어리가 더 크잖아!'

개는 욕심이 났어요. 그래서 그 고깃덩어리를 빼앗으려고 물속의 개를 향해 소리쳤지요.

"야! 그거 내 거야. 이리 내놔, 컹컹!"

❷ 그 순간 개가 물고 있던 고깃덩어리가 물속에 풍덩 빠지고 말았어요. 고깃덩어리는 저 멀리 떠내려가 버렸습니다. 개는 아쉬운 마음에 다시 물속을 들여다보았어요. 그런데 이번에는 입에 아무것도 물지 않는 개 한 마리가 자기를 쳐다보고 있었지요.

❸ '아뿔싸! 저건 나잖아. 물에 비친 내 모습도 몰라보고……. 아까운 고깃덩어리만 떠내려가 버렸네.'

개는 뒤늦게 후회했습니다.

> **질문! 꼬리 달기**
>
> 🔍 이야기를 읽고, 다음 질문의 답이 있는 문장을 찾아 밑줄을 그어 보세요.
> ❶ 개가 물속의 개를 보고 욕심이 난 이유는 무엇인가요?
> ❷ 개가 물속의 개를 향해 소리치자 물고 있던 고깃덩어리는 어떻게 되었나요?
> ❸ 개는 무슨 생각을 하며 후회했나요?

58 초등 글쓰기 ❶

질문! 꼬리 달기

〈욕심쟁이 개〉 이야기에서 개는 우연히 얻은 고깃덩어리를 혼자 먹으려다가 물속에 비친 자기 모습을 보고 더 욕심을 냅니다. 결국 물고 있던 고깃덩어리조차 놓쳐 버리고 말지요. 사실 겉으로 드러내지 않더라도 우리도 욕심쟁이 개와 같은 생각을 마음속에 품고 있을 수 있습니다. 3개 질문의 답을 찾아 밑줄을 긋고 읽어 보도록 합니다. '욕심'이 무엇인지, 욕심은 버려야 하는지 서로의 의견을 나누어 봅니다.

질문 더하기 ➕

○ 고깃덩어리는 원래 누구 것이었을까?
○ 개는 가족이 없었을까?
○ 개는 처음부터 욕심이 많은 동물일까?
○ 그 후에 개는 어떻게 되었을까?

뜻풀이

개울가
골짜기나 들에 흐르는 작은 물줄기의 주변.

아뿔싸
일이 잘못되었거나 미처 생각하지 못했던 것을 뉘우칠 때 가볍게 나오는 소리.

생각! 꼬리 물기

〈욕심쟁이 개〉 이야기에서 개는 또 다른 욕심 때문에 물고 있던 고깃덩어리마저 놓쳐 버렸습니다. 이런 이야기를 접하면 우리는 욕심을 가지는 것을 안 좋게 생각합니다. 욕심(欲心)을 한자어로 풀이하면 하고자 하는 마음, 갖고자 하는 마음입니다. 지나칠 때는 문제가 되지만 적절한 욕심은 필요하지 않을까요?

욕심을 내는 것은 정말 나쁘기만 할까요?

욕심을 부려서는 안 된다

내 것이 아닌 것은 절대로 욕심을 부려서는 안 됩니다. 노력하지 않고 남이 이루어 놓은 것을 빼앗거나 거저 얻는다면 역시 같은 방법으로 잃어버릴 확률이 높습니다. '황금을 보기를 돌같이 하라'는 말처럼 남의 황금은 돌같이 봐야 한다는 의미를 잘 새겨 봅니다.

욕심은 필요하다

하고자 하는 마음이 없으면 의욕조차 없습니다. 가령 나보다 더 큰 고기를 물고 있는 개를 봤다면 나도 저런 것을 어떻게 가질 수 있을까 생각하고 아이디어를 냅니다. 그리고 열심히 노력해서 구하면 됩니다. 그러므로 적절한 욕심은 반드시 필요합니다.

글쓰기! 꼬리 잡기 예시 답안

1 개는 왜 고깃덩어리를 먹지 못했나요?

> **예시** 개는 물속에서 또 다른 개가 더 큰 고깃덩어리를 물고 있는 것을 보고 빼앗으려다가 물고 있던 고깃덩어리를 떨어트렸다.

2 욕심을 내는 것은 정말 나쁘기만 할까요?

> **예시1** 나는 욕심을 부려서는 안 된다고 생각한다. 왜냐하면 남의 것은 절대로 내 것이 아니기 때문에 얻게 되더라도 다시 빠져나갈 수밖에 없기 때문이다.

> **예시2** 나는 욕심은 필요하다고 생각한다. 왜냐하면 욕심이 없으면 의욕도 없어서 어떤 것도 하고 싶지 않고 능력도 발휘할 수 없기 때문이다.

3 만약 자신이 개라면 물속에서 고기를 물고 있는 또 다른 개를 보았을 때 어떻게 했을까요?

> **예시1** 만약 내가 개라면 '너도 주웠구나!' 생각하고 웃으며 지나갔을 것이다.

> **예시2** 만약 내가 개라면 내 그림자인 줄 알고 고깃덩어리를 문 자기 모습에 흐뭇해했을 것이다.

> **예시3** 만약 내가 개라면 시냇가로 가서 같이 먹자고 했을 것이다.

위에 쓴 답을 옮겨 쓰며 한 편의 글을 완성해 보세요.

> **예시1** 개는 물속에서 또 다른 개가 더 큰 고깃덩어리를 물고 있는 것을 보고 빼앗으려다가 물고 있던 고깃덩어리를 떨어트렸다. 나는 욕심을 부려서는 안 된다고 생각한다. 왜냐하면 남의 것은 절대로 내 것이 아니기 때문에 얻게 되더라도 다시 빠져나갈 수밖에 없기 때문이다. 만약 내가 개라면 '너도 주웠구나!' 생각하고 웃으며 지나갔을 것이다.

> **예시2** 개는 물속에서 또 다른 개가 더 큰 고깃덩어리를 물고 있는 것을 보고 빼앗으려다가 물고 있던 고깃덩어리를 떨어트렸다. 나는 욕심은 필요하다고 생각한다. 왜냐하면 욕심이 없으면 어떤 것도 하고 싶지 않고 능력도 발휘할 수 없기 때문이다. 만약 내가 개라면 내 그림자인 줄 알고 고깃덩어리를 문 자기 모습에 흐뭇해했을 것이다.

거북은 정말 어리석을까요

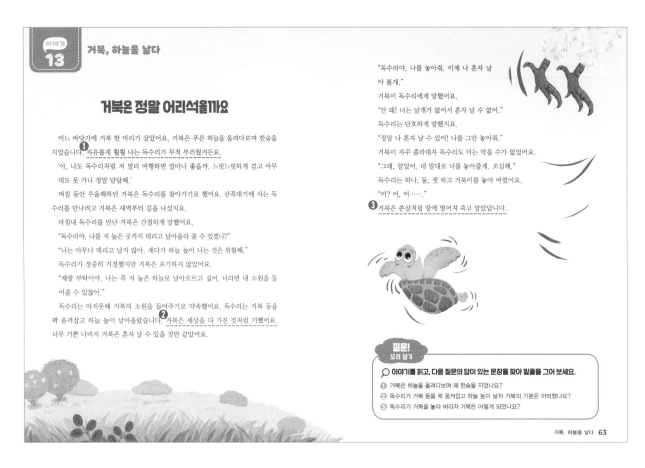

이야기 13 **거북, 하늘을 날다**

거북은 정말 어리석을까요

어느 바닷가에 거북 한 마리가 살았어요. 거북은 푸른 하늘을 올려다보며 한숨을 지었습니다. 자유롭게 훨훨 나는 독수리가 무척 부러웠거든요.

'아, 나도 독수리처럼 저 멀리 여행하면 얼마나 좋을까. 느릿느릿하게 걷고 아무 데도 못 가니 정말 답답해.'

며칠 동안 우울해하던 거북은 독수리를 찾아가기로 했어요. 산꼭대기에 사는 독수리를 만나려고 거북은 새벽부터 길을 나섰지요.

마침내 독수리를 만난 거북은 간절하게 말했어요.

"독수리야, 나를 저 높은 곳까지 데리고 날아올라 줄 수 있겠니?"

"나는 아무나 데리고 날지 않아. 게다가 하늘 높이 나는 것은 위험해."

독수리가 정중히 거절했지만 거북은 포기하지 않았어요.

"제발 부탁이야. 나는 꼭 저 높은 하늘로 날아오르고 싶어. 너라면 내 소원을 들어줄 수 있잖아."

독수리는 마지못해 거북의 소원을 들어주기로 약속했어요. 독수리는 거북 등을 꽉 움켜잡고 하늘 높이 날아올랐습니다. 거북은 세상을 다 가진 것처럼 기뻤어요. 너무 기쁜 나머지 거북은 혼자 날 수 있을 것만 같았어요.

"독수리야, 나를 놓아줘. 이제 나 혼자 날아 볼게."

거북이 독수리에게 말했어요.

"안 돼! 너는 날개가 없어서 혼자 날 수 없어."

독수리는 단호하게 말했지요.

"정말 나 혼자 날 수 있어! 나를 그만 놓아줘."

거북이 자꾸 졸라대자 독수리도 더는 막을 수가 없었어요.

"그래, 알았어. 네 말대로 너를 놓아줄게, 조심해."

독수리는 하나, 둘, 셋 하고 거북이를 놓아 버렸어요.

"어? 어, 어……."

거북은 쏜살처럼 땅에 떨어져 죽고 말았답니다.

질문!
꼬리 달기

🔍 이야기를 읽고, 다음 질문의 답이 있는 문장을 찾아 밑줄을 그어 보세요.

① 거북은 하늘을 올려다보며 왜 한숨을 지었나요?
② 독수리가 거북 등을 꽉 움켜잡고 하늘 높이 날자 거북의 기분은 어떠했나요?
③ 독수리가 거북을 놓아 버리자 거북은 어떻게 되었나요?

거북, 하늘을 날다 63

질문! 꼬리 달기

〈거북, 하늘을 날다〉 이야기 속 거북은 무모한가요? 멋진가요? 땅바닥만 보면서 느리게 걷던 거북이 하늘을 높이 나는 독수리를 보고는 꿈을 꾸기 시작합니다. 먼 곳으로 여행을 하고 싶다고 생각을 하고는 방법을 찾다가 독수리에게 가지요. 거북이 독수리에게 간다는 것부터가 이미 만만찮은 여정입니다. 나중에는 혼자 날고 싶어서 욕심을 부리다가 결국은 땅에 떨어지고 마는 거북을 이야기 속에서 만나 보도록 합니다. 소리 내어 읽어 보고 3개 질문의 답이 되는 문장을 찾아서 밑줄을 긋고 요약해 보세요.

질문 더하기 ➕

○ 독수리가 사는 산꼭대기까지 얼마나 걸렸을까?
○ 독수리는 처음 보는 거북의 부탁을 왜 들어주었을까?
○ 거북은 하늘로 날아오른 다음 왜 만족하지 못했을까?
○ 땅에 떨어지면서 거북은 어떤 생각을 했을까?

뜻풀이

우울하다
근심스럽거나 답답하여 활기가 없다.

마지못하다
마음이 내키지는 아니하지만 사정에 따라서 그렇게 하지 아니할 수 없다.

단호하다
결심이나 태도, 입장 따위가 과단성 있고 엄격하다.

생각! 꼬리 물기

〈거북, 하늘을 날다〉는 혼자서 날고 싶다는 거북의 또 다른 욕심 때문에 높은 하늘에서 땅으로 추락해 버린 거북의 이야기입니다. 거북의 도전은 용감한 것일까요? 어리석고 무모한 것일까요? 많이 생각해 보고 다양한 의견을 나눠 보세요.

거북은 정말 어리석을까요?

어리석다

하나의 목적을 달성하고 나면 일단 거기서 멈추는 것이 좋습니다. 하늘을 날아 멀리 여행을 가고 싶다는 처음 목표를 달성하고 난 후 거북은 흥분된 나머지 순식간에 목표를 바꾸었습니다. 이런 경우에는 일을 그르칠 수 있습니다. 그런 면에서 욕심을 부린 거북은 어리석다고 볼 수 있습니다.

어리석지 않다

거북은 하늘을 날고 싶다는 꿈을 꾸었고, 조력자를 찾을 줄도 알았습니다. 독수리를 만난 것도, 하늘을 날 수 있도록 도와 달라고 한 것도 매우 용기 있는 행동입니다. 비록 이야기 속이지만 자발적으로 하늘을 날게 된 최초의 거북이 아닐까요? 때로는 무모해 보이지만 용기 있는 도전이 필요합니다.

글쓰기! 꼬리 잡기 예시 답안

1 거북은 독수리에게 무슨 부탁을 했고, 결국 어떻게 되었나요?

> **예시** 거북은 독수리에게 하늘 높이 데리고 날아올라 달라고 했고, 높은 하늘에서 혼자 날겠다고 하다가 땅에 떨어져 죽었다.

2 혼자 하늘을 날고 싶어 했던 거북은 정말 어리석을까요?

> **예시 1** 나는 혼자 하늘을 날고 싶어 했던 거북이 어리석다고 생각한다. 왜냐하면 독수리에게 부탁해 하늘을 날게 된 것만으로도 멋진 일인데 혼자 날겠다고 고집을 부려서 결국 죽게 되었기 때문이다.

> **예시 2** 나는 혼자 하늘을 날고 싶어 했던 거북이 어리석지 않다고 생각한다. 왜냐하면 불가능한 일을 꿈꾸고, 실현하기 위해 노력하고 도전했기 때문이다.

3 만약 자신이 거북이라면 하늘을 날고 싶을 때 어떻게 했을까요?

> **예시 1** 만약 내가 거북이라면 독수리에게 조금만 혼자 공중에 두다가 다시 잡아 달라고 했을 것이다.

> **예시 2** 만약 내가 거북이라면 독수리 덕분에 하늘 높이 날게 된 것만으로도 고마워했을 것이다.

위에 쓴 답을 옮겨 쓰며 한 편의 글을 완성해 보세요.

> **예시 1** 거북은 독수리에게 하늘 높이 데리고 날아올라 달라고 했고, 높은 하늘에서 혼자 날겠다고 하다가 땅에 떨어져 죽었다. 나는 거북이 어리석다고 생각한다. 왜냐하면 독수리에게 부탁해 하늘을 날게 된 것만으로도 멋진 일인데 혼자 날겠다고 고집을 부려서 결국 죽게 되었기 때문이다. 만약 내가 거북이라면 조금만 혼자 공중에 두다가 독수리에게 다시 잡아 달라고 했을 것이다.

> **예시 2** 거북은 독수리에게 하늘 높이 데리고 날아올라 달라고 했고, 높은 하늘에서 혼자 날겠다고 하다가 땅에 떨어져 죽었다. 나는 거북이 어리석지 않다고 생각한다. 왜냐하면 불가능한 일을 꿈꾸고, 실현하려고 노력하고 도전했기 때문이다. 만약 내가 거북이라면 독수리 덕분에 하늘 높이 날게 된 것만으로도 고마워했을 것이다.

누가 더 배려하는 마음이 클까요

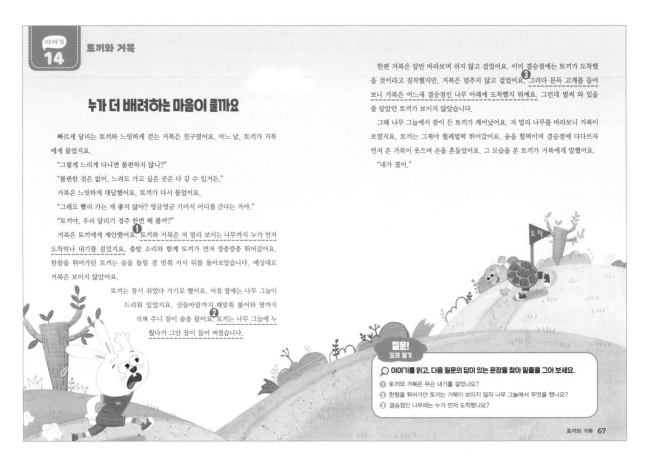

질문! 꼬리 달기

〈토끼와 거북〉은 모르는 사람이 없을 정도로 유명한 이야기입니다. 빠르지만 게으름을 피운 토끼, 느리지만 성실한 거북. 어느 쪽이 좋은가요? 〈토끼와 거북〉을 다르게 해석한 이야기도 많이 만들어지고 있습니다. 기본적인 내용으로 이야기를 풀어 보고, 다른 각도로 주제를 찾아 의견을 나누면 좋습니다. 잘 아는 내용이지만 큰 소리로 읽어 보고, 3개 질문의 답을 찾아 밑줄을 그어 봅니다. 글쓰기를 연습하려면 내용 요약이 어떤 것보다 중요하다는 것을 꼭 기억하세요.

뜻풀이

제안하다
안이나 의견으로 내놓다.

질문 더하기 ✚

○ 거북은 왜 달리기 경주를 하자고 했을까?
○ 토끼는 왜 달리기 경주를 하자고 했을까?
○ 달리기 경주에서 이긴 거북의 마음은 어떠할까?
○ 달리기 경주에서 진 토끼의 마음은 어떠할까?

생각! 꼬리 물기

토끼와 거북은 서로 다른 동물입니다. 그래서 토끼와 거북을 비교하여 기준에 따라 우위를 따지는 것은 맞지 않습니다. 토끼와 다른 거북, 거북과 다른 토끼는 어떤 차이점이 있는지 찾아볼 수 있지만, 누가 더 낫다고 생각하는 발상은 무모한 겁니다. 토끼와 거북이 친구라는 설정이므로 다른 주제를 가지고 생각을 해 보세요.

토끼와 거북 중 누가 더 배려하는 마음이 클까요?

토끼

토끼가 잠든 이유에 대해 다르게 생각을 해 보는 것입니다. 토끼가 친구인 거북의 자존감을 높여 주려고 보이지 않는 배려를 했다고 보는 거지요. 실제 토끼의 빠르기라면 한숨 자고 나도 거북이를 이길 수 있지 않을까요? 토끼의 따뜻한 배려를 느낄 수 있습니다.

거북

질 것이 뻔한 육지에서 굳이 달리기 경주를 한 것은 거북의 토끼를 위한 배려라고 볼 수 있습니다. 물에 들어가면 살지 못하는 토끼를 위해 자기에게 불리한 육지에서 달리기 경주를 했다고 본다면 거북이 토끼를 사랑하는 마음을 알 수 있습니다.

글쓰기! 꼬리 잡기 예시 답안

1 토끼와 거북은 무슨 내기를 했으며, 그 결과는 어떠했나요?

예시 토끼와 거북은 달리기 내기를 했으며, 토끼가 달리기 도중에 잠을 자는 바람에 거북이 이겼다.

2 토끼와 거북 중 누가 더 배려하는 마음이 클까요?

예시 1 나는 토끼가 배려하는 마음이 더 크다고 생각한다. 왜냐하면 일부러 잠을 자는 척해서 거북이 이길 수 있도록 만들었기 때문이다.

예시 2 나는 거북이 배려하는 마음이 더 크다고 생각한다. 왜냐하면 자기에게 불리한 육지에서 달리기 내기를 해서 토끼가 죽지 않도록 했기 때문이다.

3 만약 자신이 토끼 또는 거북이라면 어떻게 했을까요?

예시 1 만약 내가 토끼라면 달리기 경주에서 이긴 거북을 축하해 주었을 것이다.

예시 2 만약 내가 거북이라면 잠자는 토끼를 깨워서 달리기 경주를 계속했을 것이다.

위에 쓴 답을 옮겨 쓰며 한 편의 글을 완성해 보세요.

예시 1 토끼와 거북은 달리기 내기를 했으며, 토끼가 달리기 도중에 잠을 자는 바람에 거북이 이겼다. 나는 토끼가 배려하는 마음이 더 크다고 생각한다. 왜냐하면 일부러 잠을 자는 척해서 거북이 이길 수 있도록 만들었기 때문이다. 만약 내가 토끼라면 달리기 경주에서 이긴 거북을 축하해 주었을 것이다.

예시 2 토끼와 거북은 달리기 내기를 했으며, 토끼가 달리기 도중에 잠을 자는 바람에 거북이 이겼다. 나는 거북이 배려하는 마음이 더 크다고 생각한다. 왜냐하면 자기에게 불리한 육지에서 달리기 내기를 해서 토끼가 죽지 않도록 했기 때문이다. 만약 내가 거북이라면 잠자는 토끼를 깨워서 달리기 경주를 계속했을 것이다.

이야기 15

구두쇠 영감은
부자로 살 수 있을까요

 돌이 된 금덩어리

구두쇠 영감은
부자로 살 수 있을까요

어느 마을에 지독한 구두쇠 영감이 살았어요. 그는 어느 누구에게도 자기 재산을 나눠 주고 싶지 않았어요. 구두쇠 영감은 모아 둔 재산을 어떻게 할까 궁리하다가 모두 금덩어리로 바꾸었어요. ❶ 그리고 금덩어리를 집에 놓아두면 남들이 훔쳐 갈까 봐 아무도 모르게 뒷산에 구덩이를 파고 묻었지요. 그 후 구두쇠 영감은 날마다 뒷산에 올라 땅을 파헤친 다음, 흡족한 얼굴로 금덩어리를 내려다보았어요. 금덩어리를 들여다보는 것은 구두쇠 영감에게 가장 큰 즐거움이었지요.

그러던 어느 날, 하인은 구두쇠 영감이 이상하다고 생각했어요.

'요즘 주인님이 왜 날마다 뒷산에 가지? 나무를 하러 가는 것도 아닌데 말이야.'

하인은 구두쇠 영감의 뒤를 몰래 따라가 보기로 했어요. 구두쇠 영감은 뒷산 깊숙이 들어가 주위를 살피고는 쪼그려 앉아 땅을 파헤치기 시작했어요. 그러더니 혼자 중얼거리며 히죽히죽 웃는 게 아니겠어요? 얼마 뒤, 구두쇠 영감은 파낸 흙을 다시 덮고 뒷산에서 내려갔어요. 하인은 구두쇠 영감이 보이지 않자 부리나케 땅을 파헤쳤어요.

"아니, 이건 금덩어리잖아!"

하인은 커다란 자루에 금덩어리를 담아 멀리멀리 도망쳤습니다.

다음 날, 구두쇠 영감은 콧노래를 부르며 뒷산에 올라 땅을 파헤쳤어요.

"앗, 이럴 수가! 금덩어리가 없어지다니."

구두쇠 영감은 깜짝 놀라 그 자리에 풀썩 주저앉고 말았어요.

"누가 내 금덩어리를 가져간 거야!"

구두쇠 영감은 땅을 치면서 울부짖었어요. 그때 지나가던 노인이 구두쇠 영감을 보고 물었지요.

"왜 그렇게 서럽게 우는 거요?"

❷ "모아 둔 재산 전부를 금덩어리로 바꿔 땅에 묻어 놓았는데, 감쪽같이 사라졌소."

구두쇠 영감이 울면서 대답하자 노인이 말했어요.

"이제 그만 울고, 금덩어리와 크기가 비슷한 돌을 골라 오시오. 그리고 그 돌을 땅에 파묻고 금덩어리처럼 생각하면 되겠구려. ❸ 당신이 잃어버린 그 금덩어리는 원래 땅에 묻어 두고 아무 데에도 쓸 생각이 없었잖소. 그러니 돌을 금이라고 생각하면 당신에게 큰 위로가 될 거 아니겠소."

질문! 꼬리 달기

🔍 이야기를 읽고, 다음 질문의 답이 있는 문장을 찾아 밑줄을 그어 보세요.

❶ 구두쇠 영감은 왜 아무도 모르게 뒷산에 금덩어리를 묻었나요?
❷ 구두쇠 영감이 서럽게 운 이유는 무엇인가요?
❸ 지나가던 노인은 구두쇠 영감에게 왜 돌을 금덩어리처럼 생각하라고 했나요?

돌이 된 금덩어리 **71**

질문! 꼬리 달기

〈돌이 된 금덩어리〉는 조금 긴 이야기입니다. 내용이 길수록 소리를 내어 읽어 보고, 3개 질문의 답이 되는 문장을 찾아보면 내용 요약을 하기 쉽습니다. 이 이야기의 등장인물은 '구두쇠'라는 별명이 붙을 만큼 재물을 나누지 않고 아껴 많은 재산을 모은 구두쇠 영감입니다. 그렇게 모은 재산을 금덩어리로 바꾸어서 땅에 묻어 두었다가 몽땅 잃어버린 내용이지요. 구두쇠 영감을 통해서 돈을 어떻게 써야 할까, 돈을 어떻게 보관해야 할까를 생각해 보고 의견을 나누면 좋습니다.

질문 더하기 ✚

○ 구두쇠 영감은 왜 가족들도 믿지 않았을까?
○ 가족들은 구두쇠 영감을 어떻게 생각했을까?
○ 노인은 누구일까?
○ 구두쇠 영감은 재산을 어떻게 관리해야 했을까?

뜻풀이

구두쇠
돈이나 재물 따위를 쓰는 데에 몹시 인색한 사람.

흡족하다
조금도 모자람이 없을 정도로 넉넉하여 만족하다.

생각! 꼬리 물기

〈돌이 된 금덩어리〉는 자주 토론을 해 봐야 하는 이야기입니다. 또한 돈, 저축, 재산, 투자, 소비, 나눔 등에 대해 이야기해 볼 수 있는 좋은 자료입니다. 이런 주제로 의견을 나누어 보고, 구두쇠 영감이 금덩어리를 잃어버린 후 어떻게 살아갈지에 대해 생각을 해 보도록 합니다.

구두쇠 영감은 부자로 살 수 있을까요?

지독한 구두쇠로 살 것이다

구두쇠 영감은 아무도 믿지 않았습니다. 게다가 부리던 하인에게 배신을 당했으니 더욱더 사람을 못 믿게 될 것입니다. 또 돈을 잘 쓰는 방법도 모르고, 투자하는 방법도 모르는 구두쇠 영감이 오래된 생활 습관을 쉽게 바꾸지 못할 것입니다. 그러므로 변함없이 지독한 구두쇠로 살 확률이 높습니다.

슬기로운 부자로 살 것이다

사람은 경험을 통해서 많이 배웁니다. 모든 재산을 한곳에 묻어 두어 몽땅 잃어버린 경험에서 땅에 묻어 둔 금덩어리를 분산시켜서 보관하는 방법을 배웠을 것입니다. 또한 재산을 지키려다가 잃어버리는 것보다 좋은 곳에 쓰는 것이 더 좋다는 것도 배웠을 것입니다. 그래서 슬기로운 부자가 될 확률이 높습니다.

글쓰기! 꼬리 잡기　예시 답안

❶ 구두쇠 영감이 금덩어리를 잃어버린 이유는 무엇인가요?

> **예시**　구두쇠 영감은 아무도 믿지 않고, 모아 둔 재산을 금덩어리로 바꾸어 한곳에 묻어 두었기 때문에 금덩어리를 잃어버렸다.

❷ 구두쇠 영감은 앞으로 부자로 살 수 있을까요?

> **예시 1**　구두쇠 영감은 앞으로 지독한 구두쇠로 살 것이다. 왜냐하면 재산을 다 잃어버렸으니 사람을 더 믿지 못할 것이고, 사람은 원래 살던 습관을 바꾸기가 쉽지 않기 때문이다.

> **예시 2**　구두쇠 영감은 앞으로 슬기로운 부자로 살 것이다. 왜냐하면 경험을 통해서 돈을 제대로 쓰거나 나누어서 보관해야 한다는 큰 깨달음을 얻었기 때문이다.

❸ 만약 자신이 구두쇠 영감이라면 어떻게 했을까요?

> **예시 1**　만약 내가 구두쇠 영감이라면 돈을 땅에 묻지 않고 여러 군데 투자를 해서 돈을 불렸을 것이다.

> **예시 2**　만약 내가 구두쇠 영감이라면 가족들을 소중히 하고 돈을 어려운 사람들에게 기부하며 살았을 것이다.

> **예시 3**　만약 내가 구두쇠 영감이라면 하인을 찾아 돈을 찾아올 것이다.

위에 쓴 답을 옮겨 쓰며 한 편의 글을 완성해 보세요.

> **예시 1**　구두쇠 영감은 아무도 믿지 않고, 모아 둔 재산을 금덩어리로 바꾸어 한곳에 묻어 두었기 때문에 금덩어리를 잃어버렸다. 구두쇠 영감은 앞으로 지독한 구두쇠로 살 것이다. 재산을 다 잃어버렸으니 사람을 더 믿지 못할 것이고, 사람은 원래 살던 습관을 바꾸기가 쉽지 않기 때문이다. 만약 내가 구두쇠 영감이라면 돈을 땅에 묻지 않고 여러 군데 투자를 해서 돈을 불렸을 것이다.

> **예시 2**　구두쇠 영감은 아무도 믿지 않고, 모아 둔 재산을 금덩어리로 바꾸어 한곳에 묻어 두었기 때문에 금덩어리를 잃어버렸다. 구두쇠 영감은 앞으로 슬기로운 부자로 살 것이다. 왜냐하면 경험을 통해서 돈을 제대로 쓰거나 나누어서 보관해야 한다는 큰 깨달음을 얻었기 때문이다. 만약 내가 구두쇠 영감이라면 가족들을 소중히 하고 돈을 어려운 사람들에게 기부하며 살았을 것이다.

여우의 행동은 지혜로운가요

이야기 16 여우와 신 포도

여우의 행동은 지혜로운가요

어느 날, 무척 배고픈 여우 한 마리가 먹이를 찾아 숲길을 걸었어요. 그때 달콤한 냄새가 바람에 실려 왔습니다.

"무슨 냄새지?"

여우는 걸음을 멈추고 주위를 두리번거렸어요. ❶여우는 포도송이가 주렁주렁 달린 포도나무를 보고 군침을 삼켰어요.

"맛있게 잘 익은 포도로구나."

❷여우는 높이 매달린 포도를 따려고 힘껏 뛰어올랐습니다.

"껑충, 껑충."

❷하지만 여우는 포도송이 근처에도 닿지 못했지요. 배고픈 여우는 한참을 뛰어오른 탓에 기운이 빠지고 배도 더 고파졌습니다. 여우는 가쁜 숨을 몰아쉬면서 말했어요.

❸"에이, 이 포도는 아직 덜 익었네. 덜 익은 포도는 너무 시어서 먹을 수 없을 거야."

여우는 쩝쩝 입맛을 다시며 한참 동안 포도를 바라보다가 가던 길을 걸어갔답니다.

질문! 꼬리 달기

🔍 이야기를 읽고, 다음 질문의 답이 있는 문장을 찾아 밑줄을 그어 보세요.

❶ 달콤한 냄새를 맡고 주위를 두리번거리던 여우는 무엇을 보았나요?
❷ 여우는 높이 매달린 포도를 따려고 어떻게 행동했나요? 그 결과는 어떠했나요?
❸ 여우는 자신이 포도를 먹지 않은 이유를 뭐라고 말했나요?

여우와 신 포도 **77**

질문! 꼬리 달기

〈여우와 신 포도〉는 배고픈 여우가 잘 익은 포도를 따 먹기 위해 애쓰다가 결국은 포기하고 돌아서는 이야기입니다. 포도가 너무 높이 달려 있었기 때문이지요. 포도를 따 먹지 못해 돌아서는 여우는 포도가 시어서 먹지 못한다고 말합니다. 3개 질문의 답이 되는 문장에 밑줄을 긋고 연결해서 읽어 봅니다. 또한 요약하기의 중요성도 잊으면 안 됩니다. '이솝 우화'에서 '여우'는 여러 이야기에서 등장인물로 나옵니다. 각각 이야기에서 여우의 성격을 비교해 보는 일도 재미있는 활동이 될 것입니다.

질문 더하기 ✚

○ 여우는 포도를 먹을 수 있을까?
○ 포도는 누구 것일까?
○ 여우가 포도를 따 먹을 방법은 없을까?
○ 여우는 배고픈 것을 어떻게 해결했을까?

뜻풀이

군침
공연히 입 안에 도는 침.

기운
❶ 명사 생물이 살아 움직이는 힘.
❷ 명사 눈에는 보이지 않으나 다른 감각으로 느껴지는 현상.

생각! 꼬리 물기

〈여우와 신포도〉 이야기에서 여우는 열심히 노력했지만 자기 힘으로는 포도를 따 먹지 못하는 상황이 되었습니다. 포도를 따 먹지도 못했는데 포도가 시어서 못 먹는다고 자기 합리화를 하는 여우입니다. 이런 여우를 어떻게 바라보아야 할까요?

여우의 행동은 지혜로운가요?

어리석다

여우는 배가 고픈 상태입니다. 뛰어오르는 방법 이외에 다른 방법은 없었을까요? 도움을 청할 수는 없었을까요? 혼자만 애쓰고 노력한다고 성실한 것은 아닙니다. 때로는 다른 방법도 찾고, 도움을 요청할 수 있어야 현명한 것입니다. 게다가 포도 탓을 하며 자기 합리화를 하며 포기해 버리는 것은 더욱 어리석은 행동이겠지요?

지혜롭다

어떤 일을 할 때 한껏 도전해 보고 정말 불가능하다고 판단되면 물러서서 다른 방법을 찾아보아야 합니다. 미련이나 집착을 두지 않는 포기는 용기와 결단을 필요로 합니다. 그런 면에서 딸 수 없는 포도를 따기 위해 애쓰는 시간에 다른 먹이를 구하러 가는 선택을 한 여우는 지혜롭다고 할 수 있습니다.

글쓰기! 꼬리 잡기 예시 답안

1 여우는 무척 배가 고팠는데 왜 포도를 먹지 않았나요?

> **예시** 여우는 무척 배가 고팠지만 높이 매달린 포도를 따 먹을 수 없자 포도가 덜 익어서 시다며 먹지 않았다.

2 여우의 행동은 지혜로운가요?

> **예시 1** 나는 여우의 행동이 어리석다고 생각한다. 왜냐하면 나무 막대기를 사용해 보거나 다람쥐나 새들에게 도움을 청해도 되는데 너무 쉽게 포기했기 때문이다.

> **예시 2** 나는 여우의 행동이 지혜롭다고 생각한다. 왜냐하면 어차피 안 될 것이면 빠르게 포기하고 다른 먹이를 구하는 것이 더 현명하기 때문이다.

3 만약 자신이 여우라면 어떻게 행동했을까요?

> **예시 1** 만약 내가 여우라면 다람쥐나 새들에게 부탁해서 포도를 따 먹었을 것이다.

> **예시 2** 만약 내가 여우라면 더 맛있는 것을 찾아 먹었을 것이다.

> **예시 3** 만약 내가 여우라면 나무 막대기를 사용해서 따 먹을 것이다.

위에 쓴 답을 옮겨 쓰며 한 편의 글을 완성해 보세요.

> **예시 1** 여우는 무척 배가 고팠지만 높이 매달린 포도를 따 먹을 수 없자 포도가 덜 익어서 시다며 먹지 않았다. 나는 여우의 행동이 어리석다고 생각한다. 왜냐하면 나무 막대기를 사용해 보거나 다람쥐나 새들에게 도움을 청해도 되는데 너무 쉽게 포기했기 때문이다. 만약 내가 여우라면 다람쥐나 새들에게 부탁해서 포도를 따 먹었을 것이다.

> **예시 2** 여우는 무척 배가 고팠지만 높이 매달린 포도를 따 먹을 수 없자 포도가 덜 익어서 시다며 먹지 않았다. 나는 여우의 행동이 지혜롭다고 생각한다. 왜냐하면 어차피 안 될 것이면 빠르게 포기하고 다른 먹이를 구하는 것이 더 현명하기 때문이다. 만약 내가 여우라면 더 맛있는 것을 찾아 먹었을 것이다.

누가 더 잘못했을까요

〈양치기 소년〉 이야기에서는 장난이 심한 양치기가 늑대가 나타났다고 거짓말을 해서 마을 사람들을 화나게 만들었습니다. 양치기 소년에게 두 번이나 속은 마을 사람들은 진짜 늑대가 나타났을 때는 양치기를 도와주러 달려오지 않았습니다. 그 바람에 양들은 늑대에게 모두 죽임을 당하고야 말았지요. 거짓말을 하면 안 된다고 가르치기 위해서 양치기 소년을 자주 이야기합니다. 3개 질문의 답이 되는 문장에 밑줄을 긋고 내용을 요약해 보고, 다르게 볼 수 있는 부분도 생각해 봅니다.

질문 더하기 ✚

○ 양치기 소년은 왜 어른들을 놀릴 생각을 했을까?
○ 마을 사람들은 왜 화만 내었을까?
○ 양이 모두 죽고 난 다음 양치기 소년은 어떤 생각을 했을까?
○ 마을 사람들은 소년을 어떻게 했을까?

뜻풀이

농기구
농사를 짓는 데 쓰는 기구.

애타다
몹시 답답하거나 안타까워 속이 끓는 듯하다.

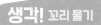

생각! 꼬리 물기

〈양치기 소년〉 이야기를 다시 읽어 보고, 양치기 소년만 잘못한 것인지 생각해 봅니다. 물론 양치기 소년도 잘못했지만 마을 사람들은 어린 양치기에게 늑대가 나타나는 곳에서 양을 돌보도록 맡겼습니다. 양들을 돌보는 것은 양치기의 몫이지만 양치기를 관리하는 것은 마을 사람들의 몫입니다. 양들은 마을 사람들의 소중한 재산이니까요.

양치기 소년과 마을 사람들 중 누가 더 잘못했을까요?

양치기 소년

양치기는 심심하다는 이유로 마을에서 힘들게 일하는 사람들을 상대로 장난을 쳤습니다. 바쁘게 일하다 말고 달려온 마을 사람들은 두 번이나 양치기에게 속았습니다. 아마 늑대는 멀리서 이것을 지켜보지 않았을까요? 양치기의 거짓말은 마을 사람들에게 막대한 재산 피해를 주었고, 믿음을 잃은 양치기는 앞으로 곤란을 겪으며 살게 될지도 모릅니다.

마을 사람들

양치기를 관리하는 사람들은 마을 사람들입니다. 늑대가 나타났을 때 어떻게 행동해야 하는지 정확히 알려 주고, 첫 번째 거짓말에도 화만 내며 돌아갈 것이 아니라 양치기와 진지하게 이야기를 했어야 합니다. 또한 늑대가 진짜 나타난다면 어떻게 할지를 의논했어야 했습니다. 결국 현명하게 대처하지 못한 마을 사람들이 더 잘못했습니다.

글쓰기! 꼬리 잡기   예시 답안

1 양들은 왜 모두 늑대에게 물려 죽었나요?

> **예시** 양치기 소년이 두 번이나 거짓말을 해서 진짜 늑대가 나타났을 때 마을 사람들이 도와주러 오지 않았기 때문에 양들은 모두 늑대에게 물려 죽었다.

2 양치기 소년과 마을 사람들 중 누가 더 잘못했을까요?

> **예시 1** 나는 양치기 소년과 마을 사람들 중 양치기 소년이 더 잘못했다고 생각한다. 왜냐하면 마을 사람들에게 장난을 치다가 진짜 늑대가 나타나 결국 양들이 모두 죽었기 때문이다.

> **예시 2** 나는 양치기 소년과 마을 사람들 중 마을 사람들이 더 잘못했다고 생각한다. 왜냐하면 속았을 때 화만 내고 대책을 세우지 않았기 때문에 진짜 늑대가 나타나 결국 양들이 모두 죽었기 때문이다.

3 만약 자신이 양치기 소년 또는 마을 사람들이라면 어떻게 했을까요?

> **예시 1** 만약 내가 양치기 소년이라면 장난을 치지 않고 양들을 잘 관리했을 것이다.

> **예시 2** 만약 내가 마을 사람들이라면 다른 양치기를 고용했을 것이다.

위에 쓴 답을 옮겨 쓰며 한 편의 글을 완성해 보세요.

> **예시 1** 양치기 소년이 두 번이나 거짓말을 해서 진짜 늑대가 나타났을 때 마을 사람들이 도와주러 오지 않았기 때문에 양들은 모두 늑대에게 물려 죽었다. 나는 양치기 소년과 마을 사람들 중 양치기 소년이 더 잘못했다고 생각한다. 왜냐하면 마을 사람들에게 장난을 치다가 진짜 늑대가 나타나 결국 양들이 모두 죽었기 때문이다. 만약 내가 양치기 소년이라면 장난을 치지 않고 양들을 잘 관리했을 것이다.

> **예시 2** 양치기 소년이 두 번이나 거짓말을 해서 진짜 늑대가 나타났을 때 마을 사람들이 도와주러 오지 않았기 때문에 양들은 모두 늑대에게 물려 죽었다. 나는 양치기 소년과 마을 사람들 중 마을 사람들이 더 잘못했다고 생각한다. 왜냐하면 속았을 때 화만 내고 대책을 세우지 않았기 때문에 진짜 늑대가 나타나 결국 양들이 모두 죽었기 때문이다. 만약 내가 마을 사람들이라면 다른 양치기를 고용했을 것이다.

당나귀는 숲속에서
쫓겨나야 할까요

이야기 18 사자 털가죽을 쓴 당나귀

당나귀는 숲속에서
쫓겨나야 할까요

어느 날, 당나귀가 숲길을 걸을 때였어요. 갑자기 다람쥐가 풀숲에서 후다닥 뛰쳐나왔지요. 당나귀는 깜짝 놀라서 소리쳤어요.

"으악! 뭐, 뭐야?"

❶ "그렇게 겁이 많아서 어떡해요. 덩칫값도 못 하고 창피하지도 않아요?"

다람쥐는 당나귀에게 핀잔을 놓았어요. 평소에도 겁이 많아 다른 동물들에게 구박을 받던 당나귀는 결국 숲속에서 쫓겨났지요.

힘 빠진 당나귀는 터벅터벅 길을 걷다가 바위 뒤에서 사자 털가죽을 발견했어요. ❷ 당나귀는 사자 털가죽을 머리부터 발끝까지 뒤집어썼어요. 그리고 근처 연못으로 달려가 자기 모습을 비추어 보았어요. 연못에는 사자 한 마리가 위풍당당하게 서 있었지요.

"나는 지금부터 사자다. 숲속에 돌아가서 나를 겁쟁이라며 놀리고 구박한 녀석들을 혼내 줘야지. 히힝."

당나귀는 사자처럼 성큼성큼 걸어 숲속으로 들어갔어요.

"앗! 사자 대왕님이다. 잡히기 전에 도망쳐야지. 꿀꿀."

멧돼지가 깜짝 놀라 후다닥 달아났습니다.

"지난번에 날 그렇게 놀리더니, 꼴 좋다."

때마침 자기를 놀린 다람쥐도 마주쳤어요.

"앗! 사자 대왕님. 사, 살려 주세요. 제발 살려 주세요, 네?"

당나귀는 벌벌 떠는 다람쥐를 보니 통쾌했어요.

'정말 신난다. 히힝. 좀 더 겁을 줘 볼까?'

잠시 숨을 고른 뒤, 당나귀는 사자처럼 큰 소리로 울부짖었어요.

"크으흥, 크으흥."

그러나 숲속에 울려 퍼진 소리는 이랬지요.

"히이힝! 히이힝!"

사자의 울음소리가 이상한 것을 알아챈 여우는 숲속 동물들에게 외쳤어요.

❸ "여러분, 이 사자는 가짜입니다. '히이힝' 우는 당나귀가 사자 털가죽을 쓴 것이라고요."

"뭐라고?"

숲속 동물들이 하나둘, 사자 털가죽을 쓴 당나귀 주위로 몰려들었어요. 화가 난 숲속 동물들은 당나귀를 두들겨 패고 숲속에서 다시 내쫓았답니다.

질문! 꼬리 달기

🔍 이야기를 읽고, 다음 질문의 답이 있는 문장을 찾아 밑줄을 그어 보세요.

❶ 풀숲에서 뛰쳐나온 다람쥐는 당나귀에게 무슨 핀잔을 놓았나요?
❷ 당나귀는 바위 뒤에서 발견한 것으로 무엇을 했나요?
❸ 사자의 울음소리가 이상한 것을 알아챈 여우는 숲속 동물들에게 뭐라고 외쳤나요?

사자 털가죽을 쓴 당나귀 85

질문! 꼬리 달기

〈사자 털가죽을 쓴 당나귀〉 이야기에 나오는 당나귀를 보면 세상에 이렇게 겁이 많은 당나귀가 또 있을까 싶습니다. 당나귀는 작은 다람쥐한테도 혼나고 숲속에서 쫓겨났습니다. 당나귀가 왜 겁이 많아졌는지 이유를 추측해 보는 것도 재미있을 것 같습니다. 큰 소리로 이야기를 읽어 보고, 3개 질문의 답이 되는 문장을 찾아 밑줄을 그어 보며 내용을 요약해 봅니다. 그런데 자세히 읽어 보면 당나귀가 진짜로 겁이 많은 것인지 의심이 갑니다. 진짜 겁이 많다면 사자 가죽을 뒤집어쓰는 것조차 엄두도 못 낼 터인데요.

질문 더하기 ✚

○ 당나귀는 진짜로 겁이 많았을까?
○ 다람쥐는 겁이 많은 당나귀를 왜 놀리고 무시했을까?
○ 당나귀는 사자 가죽을 쓸 때 무섭지 않았을까?

뜻풀이

덩칫값

몸집에 어울리는 말과 행동을 낮잡아 이르는 말.

핀잔

맞대어 놓고 언짢게 꾸짖거나 비꼬아 꾸짖는 일.

통쾌

아주 즐겁고 시원하여 유쾌하다.

생각! 꼬리 물기

〈사자 털가죽을 쓴 당나귀〉를 읽어 보면 '왕따'라는 낱말이 저절로 떠오릅니다. 겁이 많고 약한 것이 놀림받고 쫓겨나는 이유가 될 수 있을까요? 또 왕따가 되지 않으려면 어떻게 해야 할까요? 이야기를 꼼꼼히 읽어 보며 의견을 정리해 봅니다.

당나귀는 숲속에서 쫓겨나야 할까요?

쫓겨나야 한다

당나귀는 겁만 낼 것이 아니라 솔직하게 자신의 상황을 이야기하고 도움을 요청했어야 합니다. 자신도 숲속 동물들 때문에 두려움에 떨었는데, 사자 털가죽을 쓰고 똑같이 되돌려 주고 있습니다. 속임수로 숲속 동물들을 두려움에 떨게 하고, 그 모습을 보고 신나 했으니까 당나귀가 쫓겨나는 것은 당연합니다.

쫓겨날 필요가 없다

겁이 많고 약하다고 해서 놀림을 받아서는 안 됩니다. 숲속 동물들이 당나귀를 겁주고 놀리는 것은 당연하고, 자신들이 두려움에 떨게 된 것을 억울하게 생각한다면 공평하지 못합니다. 두 번이나 당나귀를 쫓아낸 숲속 동물들은 아주 잘못하고 있으니 쫓겨날 필요가 없습니다.

글쓰기! 꼬리 잡기 예시 답안

① 당나귀는 왜 다시 숲속에서 쫓겨났나요?

> **예시** 당나귀는 사자 털가죽을 쓰고 사자 대왕인 척했기 때문에 다시 숲속에서 쫓겨났다.

② 사자 털가죽을 쓴 당나귀는 숲속에서 쫓겨나야 할까요?

> **예시1** 나는 당나귀가 숲속에서 쫓겨나야 한다고 생각한다. 왜냐하면 자기 상태를 솔직히 말하고 숲속 동물들에게 도움을 청해야 했는데, 사자 털가죽을 쓰고 다른 동물들에게 겁을 주었기 때문이다.

> **예시2** 나는 당나귀가 숲속에서 쫓겨날 필요가 없다고 생각한다. 왜냐하면 도움을 받아야 할 당나귀가 겁이 많다고 놀리고 두들겨 팬 숲속 동물들의 잘못이 더 크다고 생각하기 때문이다.

③ 만약 자신이 당나귀 또는 숲속 동물들이라면 어떻게 했을까요?

> **예시1** 만약 내가 당나귀라면 사자 털가죽을 숲속 동물들에게 공유해서 친해지는 계기를 만들었을 것이다.

> **예시2** 만약 내가 숲속 동물들이라면 당나귀의 친구가 되어 도와주었을 것이다.

위에 쓴 답을 옮겨 쓰며 한 편의 글을 완성해 보세요.

> **예시1** 당나귀는 사자 털가죽을 쓰고 사자 대왕인 척했기 때문에 다시 숲속에서 쫓겨났다. 나는 당나귀가 숲속에서 쫓겨나야 한다고 생각한다. 왜냐하면 자기 상태를 솔직히 말하고 숲속 동물들에게 도움을 청해야 했는데, 사자 털가죽을 쓰고 다른 동물들에게 겁을 주었기 때문이다. 만약 내가 당나귀라면 사자 털가죽을 숲속 동물들에게 공유해서 친해지는 계기를 만들었을 것이다.

> **예시2** 당나귀는 사자 털가죽을 쓰고 사자 대왕인 척했기 때문에 다시 숲속에서 쫓겨났다. 나는 당나귀가 숲속에서 쫓겨날 필요가 없다고 생각한다. 도움을 받아야 할 당나귀가 겁이 많다고 놀리고 두들겨 팬 숲속 동물들의 잘못이 더 크다고 생각하기 때문이다. 만약 내가 숲속 동물들이라면 당나귀의 친구가 되어 도와주었을 것이다.

포도밭이 망가진 것은 누구 때문일까요

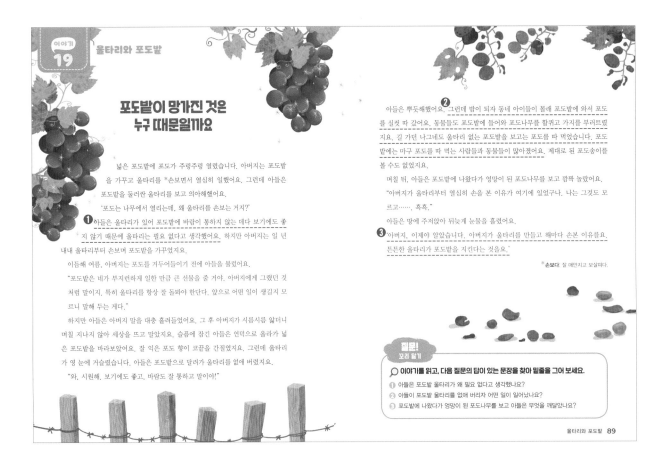

이야기
19
울타리와 포도밭

포도밭이 망가진 것은 누구 때문일까요

넓은 포도밭에 포도가 주렁주렁 열렸습니다. 아버지는 포도밭을 가꾸고 울타리를 *손보면서 열심히 일했어요. 그런데 아들은 포도밭을 둘러싼 울타리를 보고 의아해했어요.

'포도는 나무에서 열리는데, 왜 울타리를 손보는 거지?'

❶아들은 울타리가 있어 포도밭에 바람이 통하지 않는 데다 보기에도 좋지 않기 때문에 울타리는 필요 없다고 생각했어요. 하지만 아버지는 일 년 내내 울타리부터 손보며 포도밭을 가꾸었지요.

이듬해 여름, 아버지는 포도를 거두어들이기 전에 아들을 불렀어요.

"포도밭은 네가 부지런히 일한 만큼 큰 선물을 줄 거야. 아버지에게 그랬던 것처럼 말이지. 특히 울타리를 항상 잘 돌봐야 한단다. 앞으로 어떤 일이 생길지 모르니 말해 두는 게다."

하지만 아들은 아버지 말을 대충 흘려들었어요. 그 후 아버지가 시름시름 앓더니 며칠 지나지 않아 세상을 뜨고 말았지요. 슬픔에 잠긴 아들은 언덕으로 올라가 넓은 포도밭을 바라보았어요. 잘 익은 포도 향이 코끝을 간질였지요. 그런데 울타리가 영 눈에 거슬렸습니다. 아들은 포도밭으로 달려가 울타리를 없애 버렸지요.

"와, 시원해. 보기에도 좋고, 바람도 잘 통하고 말이야!"

아들은 뿌듯해했어요. 그런데 밤이 되자 동네 아이들이 몰래 포도밭에 와서 포도를 실컷 따 갔어요. 동물들도 포도밭에 들어와 포도나무를 할퀴고 가지를 부러트렸지요. 길 가던 나그네도 울타리 없는 포도밭을 보고는 포도를 따 먹었습니다. 포도밭에는 마구 포도를 따 먹는 사람들과 동물들이 많아졌어요. 제대로 된 포도송이를 볼 수도 없었지요.

며칠 뒤, 아들은 포도밭에 나왔다가 엉망이 된 포도나무를 보고 깜짝 놀랐어요.

"아버지가 울타리부터 열심히 손 본 이유가 여기에 있었구나. 나는 그것도 모르고…… 흑흑."

아들은 땅에 주저앉아 뒤늦게 눈물을 흘렸어요.

❸'아버지, 이제야 알았습니다. 아버지가 울타리를 만들고 해마다 손본 이유를요. 튼튼한 울타리가 포도밭을 지킨다는 것을요.'

*손보다: 잘 매만지고 보살피다.

질문! 꼬리 달기

🔍 이야기를 읽고, 다음 질문의 답이 있는 문장을 찾아 밑줄을 그어 보세요.

❶ 아들은 포도밭 울타리가 왜 필요 없다고 생각했나요?
❷ 아들이 포도밭 울타리를 없애 버리자 어떤 일이 일어났나요?
❸ 포도밭에 나왔다가 엉망이 된 포도나무를 보고 아들은 무엇을 깨달았나요?

울타리와 포도밭 89

질문! 꼬리 달기

부모들은 자녀들에게 꼭 필요하고 중요한 것들을 가르칩니다. 살아오면서 경험한 지식과 지혜를 알려주기 위해 최선을 다하지만 자식들은 잔소리로 생각하고 들으려고 하지 않지요. 〈울타리와 포도밭〉 이야기의 내용도 부지런한 농사꾼인 아버지가 울타리의 중요성에 대해 가르치지만 아들은 들은 척도 하지 않습니다. 자기 생각이 옳다고 믿고 있다가 큰 코 다치겠지요. 3개 질문의 답이 되는 문장을 찾아 밑줄을 긋고 소리 내어 읽어 보세요.

뜻풀이

손보다
잘 매만지고 보살피다.

의아하다
의심스럽고 이상하다.

질문 더하기 ➕

○ 아들은 아버지의 말을 왜 무시했을까?
○ 아버지는 울타리가 왜 중요한지는 말하지 않았을까?
○ 포도밭은 얼마나 넓을까?
○ 울타리가 없다고 마음대로 따 먹어도 되는 것일까?

생각! 꼬리 물기

〈울타리와 포도밭〉 이야기를 읽다 보면 아버지의 행동에 대해 의문이 좀 들기도 합니다. 왜 울타리가 중요한지 아들에게 말하지 않고 울타리를 잘 돌봐야 한다고만 하니까요. 결국 아들은 큰 손해를 보고 아버지가 울타리를 열심히 손본 이유를 깨닫기는 했지만, 과연 아버지는 지혜로웠을까요?

포도밭이 망가진 것은 누구 때문일까요?

아버지

아버지는 울타리의 중요성에 대해서는 아들에게 설명하지 않았다는 것을 이야기에서 확인할 수 있습니다. 왜 그랬을까요? 실수 한 번으로 깨달을 수 있는 아들이라면 미리 이야기를 해 주었어도 잘 배웠을 것입니다. 아버지가 평생 걸려 가꾼 포도밭을 엉망으로 만들어 가며 울타리의 중요성을 배우기에는 손해가 너무 큽니다. 그래서 아버지는 지혜롭지 못하다고 할 수 있습니다.

아들

평상시에 아들의 행동을 봐서는 아버지가 어떤 말을 해도 잘 듣지 않았을 것 같습니다. 그래서 아버지는 부지런하게 울타리를 손질하고 포도밭을 가꾸는 모습을 보여 주며 아들을 가르치려고 했고, 울타리를 잘 돌보라는 유언까지 남겼습니다. 하지만 아들은 아버지 말을 허투루 들으며 첫 해에는 큰 손해를 봤습니다. 그렇지만 아들은 뒤늦게 아버지의 마음을 알게 되었습니다.

글쓰기! 꼬리 잡기 예시 답안

1 아버지는 포도밭의 울타리가 중요하다는 것을 어떻게 알려 주었나요?

▨ 예시 ▨ 아버지는 말보다 행동으로 울타리가 중요하다는 것을 보여 주었고, 울타리를 잘 돌보라는 유언을 남겼다.

2 포도밭이 망가진 것은 아버지와 아들 중 누구 때문일까요?

▨ 예시 1 ▨ 나는 포도밭이 망가진 것은 아버지 때문이라고 생각한다. 왜냐하면 아버지가 자기 일만 하고 처음부터 아들에게 울타리의 중요성을 가르쳐 주지 않았기 때문이다.

▨ 예시 1 ▨ 나는 포도밭이 망가진 것은 아들 때문이라고 생각한다. 왜냐하면 아들은 아버지의 가르침을 건성으로 듣고 배운 대로 실천하지 않았기 때문이다.

3 만약 내가 아버지 또는 아들이라면 어떻게 했을까요?

▨ 예시 1 ▨ 만약 내가 아버지라면 울타리가 왜 필요한지 대화를 통해서 충분히 가르쳤을 것이다.

▨ 예시 2 ▨ 만약 내가 아들이라면 울타리를 왜 손봐야 하는지 아버지에게 물어봤을 것이다.

위에 쓴 답을 옮겨 쓰며 한 편의 글을 완성해 보세요.

▨ 예시 1 ▨ 아버지는 말보다 행동으로 울타리가 중요하다는 것을 보여 주었고, 울타리를 잘 돌보라는 유언을 남겼다. 나는 포도밭이 망가진 것은 아버지 때문이라고 생각한다. 왜냐하면 아버지가 자기 일만 하고 처음부터 아들에게 울타리의 중요성을 가르쳐 주지 않아 포도밭을 다 망쳤기 때문이다. 만약 내가 아버지라면 울타리가 왜 필요한지 대화를 통해서 충분히 가르쳤을 것이다.

▨ 예시 2 ▨ 아버지는 말보다 행동으로 울타리가 중요하다는 것을 보여 주었고, 울타리를 잘 돌보라는 유언을 남겼다. 나는 포도밭이 망가진 것은 아들 때문이라고 생각한다. 왜냐하면 아들은 아버지의 가르침을 건성으로 듣고 배운 대로 실천하지 않았기 때문이다. 만약 내가 아들이라면 울타리를 왜 손봐야 하는지 아버지에게 물어봤을 것이다.

사슴은 왜 죽게 되었을까요

 애꾸눈 사슴

사슴은 왜 죽게 되었을까요

옛날, 앞을 잘 못 보는 사슴이 있었어요. ❶ 어릴 적에 눈을 다쳐 한쪽 눈이 보이지 않았기 때문이에요. 그래서 먹이를 먹을 때 늘 주변을 경계했어요.

어느 날, 사슴은 풀을 뜯어 먹기 위해 바닷가에 갔습니다.

❷ '보이지 않는 눈은 바다 쪽으로 향하고, 보이는 눈을 숲 쪽으로 향하면 안전하게 풀을 먹을 수 있을 거야. 사냥꾼은 숲 쪽에서 올 테니까.'

사슴은 이렇게 생각하고 고개를 들어 숲 쪽을 살피면서 풀을 질겅질겅 씹었어요. 마침 바다에 배 한 척이 지나갔어요. 그때 배에 탄 선원이 바닷가에서 풀을 뜯고 있는 사슴을 보았어요.

"이보게, 얼른 활을 들고 이리 와 보게."

사슴을 본 선원이 다른 선원을 불렀어요.

"왜 그러는가?"

활을 들고 온 선원이 물었어요.

"저기 사슴 한 마리가 있네. 오늘 저녁은 맛있는 사슴 고기를 먹을 수 있겠군."

활을 건네받은 선원은 사슴에게 활을 겨눈 뒤 힘껏 활시위를 당겼습니다. 사슴은 마음 놓고 풀을 뜯다가 바다 쪽에서 날아온 화살을 맞고 폴썩 쓰러지고 말았어요.

❸ '아, 이럴 수가! 안전하다고 생각한 바다 쪽에서 화살이 날아오다니······.'

결국 사슴은 숨이 멎고 말았습니다.

질문! 꼬리 달기

🔍 이야기를 읽고, 다음 질문의 답이 있는 문장을 찾아 밑줄을 그어 보세요.

❶ 사슴은 먹이를 먹을 때 왜 늘 주변을 경계했나요?
❷ 사슴은 바닷가에서 안전하게 풀을 뜯어 먹기 위해 어떻게 했나요?
❸ 사슴은 화살을 맞고 무슨 생각을 했나요?

애꾸눈 사슴 93

질문! 꼬리 달기

한쪽 눈이 보이지 않아 늘 경계를 하며 풀을 뜯어 먹던 사슴에게 날벼락이 떨어졌습니다. 안전하다고 생각한 바다 쪽에서 화살이 날아오니 얼마나 놀랐을까요. '믿는 도끼에 발등 찍힌다.', '돌다리도 두들겨 보고 건너라.'라는 속담처럼 내가 믿고 있던 것들이 도움이 되기는커녕 오히려 해가 되어 돌아오는 경우도 많습니다. 〈애꾸눈 사슴〉 이야기에서는 그런 것들에 대한 대비를 할 수 있게 합니다. 소리 내어 읽어 보고, 3개 질문의 답이 되는 문장에 밑줄을 그어 보세요.

질문 더하기 ✚

○ 사슴은 어쩌다가 눈을 다쳤을까?
○ 사슴은 왜 혼자 풀을 뜯어 먹으러 다녔을까?
○ 그동안 바다에서 배가 지나가는 것을 본 적은 없었을까?
○ 사슴은 죽을 때 어떤 생각을 했을까?

뜻풀이

경계하다

❶ 뜻밖의 사고가 생기지 않도록 조심하여 단속함.
❷ 적의 기습이나 간첩 활동 따위와 같은 예기치 못한 침입을 막기 위하여 주변을 살피면서 지킴.

활시위

활대에 걸어서 켕기는 줄. 화살을 여기에 걸어서 잡아당기었다가 놓으면 화살이 날아간다.

생각! 꼬리 물기

〈애꾸눈 사슴〉은 참 안타까운 이야기입니다. 풀도 마음 놓고 뜯어먹지 못하고 경계를 하고 있었는데도 죽게 되는 사슴의 처지가 많은 생각을 하게 합니다. 이런 사슴 이야기를 통해 배울 점이 있습니다. 잘 준비했다고 생각했지만 놓친 부분이 무엇인지 꼼꼼히 점검해 봐야 하는 것이지요. 사슴이 죽지 않으려면 어떻게 해야 했을까요?

사슴은 왜 죽게 되었을까요?

운이 나빠서

이 사슴은 나름 최선을 다했습니다. 모든 곳을 다 살피고 준비해도 안 되는 경우가 있습니다. 이 사슴도 그런 경우가 아닐까요? 죽을 운을 피할 방법이 있을까요?

지혜롭지 못해서

바다 쪽은 어떤 위험도 없다고 생각하고 아예 대비를 하지 않았습니다. 그리고 약할수록 혼자보다는 가족이나 친구와 함께 다닐 수 있어야 합니다. 사슴이 좀 더 지혜로웠다면 목숨을 구할 수 있었을 것입니다.

글쓰기! 꼬리 잡기 예시 답안

① 사슴이 보이는 눈을 숲 쪽으로 향한 이유는 무엇인가요?

> **예시** 사슴은 사냥꾼이 오는 숲 쪽보다 바다 쪽이 안전하다고 생각해서 보이는 눈을 숲 쪽으로 향했다.

② 사슴은 왜 죽게 되었을까요?

> **예시 1** 나는 사슴이 운이 나빠서 죽게 되었다고 생각한다. 왜냐하면 늘 신중하고 경계하며 준비를 하는 성격인 사슴도 운이 나쁘면 바다를 지나는 배를 미리 알 수 없기 때문이다.

> **예시 2** 나는 사슴이 지혜롭지 못해서 죽게 되었다고 생각한다. 왜냐하면 만일을 대비해 바다 쪽도 한 번씩 주의 깊게 살피지 않았고, 조심하지 않았기 때문이다.

③ 만약 자신이 사슴이라면 어떻게 했을까요?

> **예시 1** 만약 내가 사슴이라면 위험에 대비하기 위해 항상 사방을 다 둘러보면서 풀을 뜯어 먹을 것이다.

> **예시 2** 만약 내가 사슴이라면 친구와 전략을 짜서 풀을 뜯어 먹을 것이다.

> **예시 3** 만약 내가 사슴이라면 사슴 무리를 이끌고 위험을 물리칠 방법을 생각할 것이다.

위에 쓴 답을 옮겨 쓰며 한 편의 글을 완성해 보세요.

> **예시 1** 사슴은 사냥꾼이 오는 숲 쪽보다 바다 쪽이 안전하다고 생각해서 보이는 눈을 숲 쪽으로 향했다. 나는 사슴이 운이 나빠서 죽게 되었다고 생각한다. 왜냐하면 늘 신중하고 경계하며 준비를 하는 성격인 사슴도 운이 나쁘면 바다를 지나는 배를 미리 알 수 없기 때문이다. 만약 내가 사슴이라면 위험에 대비하기 위해 항상 사방을 다 둘러보면서 풀을 뜯어 먹을 것이다.

> **예시 2** 사슴은 사냥꾼이 오는 숲 쪽보다 바다 쪽이 안전하다고 생각해서 보이는 눈을 숲 쪽으로 향했다. 나는 사슴이 지혜롭지 못해서 죽게 되었다고 생각한다. 왜냐하면 만일을 대비해 바다 쪽도 한 번씩 주의 깊게 살피지 않았고, 조심하지 않았기 때문이다. 만약 내가 사슴이라면 친구와 전략을 짜서 풀을 뜯어 먹을 것이다.

꼬리에 꼬리를 무는 생각 **초등 글쓰기 1** 이솝 우화 편

초판 발행	2022년 3월 20일
초판 3쇄	2024년 1월 16일
글쓴이	장성애
그린이	서정선
편집	김아영
펴낸이	엄태상
디자인	김지연
조판	이서영
콘텐츠 제작	김선웅, 조현준, 장형진
마케팅본부	이승욱, 왕성석, 노원준, 조성민, 이선민
경영기획	조성근, 최성훈, 김다미, 최수진, 오희연
물류	정종진, 윤덕현, 신승진, 구윤주
펴낸곳	시소스터디
주소	서울시 종로구 자하문로 300 시사빌딩
주문 및 문의	1588-1582
팩스	0502-989-9592
홈페이지	www.sisostudy.com
네이버카페	시소스터디공부클럽 cafe.naver.com/sisasiso
네이버블로그	blog.naver.com/sisosisa
인스타그램	instagram.com/siso_study
이메일	sisostudy@sisadream.com
등록일자	2019년 12월 21일
등록번호	제2019 - 000148호

ISBN 979-11-91244-57-1 64800
　　　979-11-91244-56-4 (세트)